图书在版编目（CIP）数据

目加田诚的中国古代文论研究 / 孟彤著 . -- 北京：
中国文史出版社，2023.3

ISBN 978-7-5205-4005-6

Ⅰ . ①目… Ⅱ . ①孟… Ⅲ . ①中国文学—古代文论—
研究 Ⅳ . ① I206.2

中国版本图书馆 CIP 数据核字（2022）第 250872 号

责任编辑：高贝

出版发行：中国文史出版社

社　　址：北京市海淀区西八里庄路 69 号院　　邮编：100142

电　　话：010-81136606　81136602　81136603（发行部）

传　　真：010-81136655

印　　装：北京温林源印刷有限公司

经　　销：全国新华书店

开　　本：1/16

印　　张：12.5

字　　数：150 千字

版　　次：2023 年 3 月北京第 1 版

印　　次：2023 年 3 月第 1 次印刷

定　　价：49.80 元

目录

前　言

目加田诚（1904—1994），是日本近现代著名的中国文学研究者，他是日本学士院会员、九州大学名誉教授、早稻田大学教授，是九州大学中国文学科、早稻田大学中国文学科研究生院的开创者。

在日本中国学学术界，目加田诚享有很高的声望，许多学者都对他学术成就的意义和价值做出了极高的评价。早稻田大学文学部教授松浦友久这样说道：

> 在思考近代日本对中国文学研究的历史时，目加田诚博士无疑是其中最优秀的开拓者和形成者之一。[1]

在长达90年的人生岁月里，目加田诚写了大量的文章论著，研究领域几乎涉及中国古代各个时期的文学，在文本研究、翻译译注、文学理论研究等方面，都做出了许多始开先河、独树一帜的贡献。

要了解日本的中国学史，就必须清楚地认识目加田诚的学问。从国际汉学大的角度来讲，一些外国学者的中国文学研究往往能从异于我们的研究视角和方法出发，得出有价值的结论。目加田诚在国际汉学重镇之日本

1　［日］松浦友久：《才、学、识》，《目加田诚著作集第六卷·唐代诗史》·月报，东京：龙溪书舍，1981年版，第6页。

的中国学史中占有重要的一席之地，对其学术进行梳理和解析，无疑是十分必要和有价值的。

笔者曾在中国文史出版社 2022 年 5 月出版的《目加田诚及其中国文学研究》一书中，对目加田诚生平和学术的整体风貌进行了研究。主要谈了以下几个问题。

第一，关于目加田诚生平和早期的研究经历。目加田诚的思想形成，受到传统的儒家思想、近代文学思想、马克思主义者的人道主义思想的影响。目加田诚在东京帝国大学的求学期，是他人生中一段对中国近代文学渴望与失望交织的彷徨期。当时支配他思想的是西方的文艺思想，他热衷于在中国小说中寻找西方小说的影子，结果自然是失望的。目加田诚是在教师生涯中，才逐渐确立了中国古典文学的研究方向的。他认为要明白中国文学的本质，就必须对中国文学的整体做全面的阅读考察，这就要先从文学史开始，逐步捋清中国文学的发展脉络。从中国近现代文学入手失败的经历，以及青木正儿的新中国学的思想给予他的触动，加之受战争影响研究资料匮乏的客观限制，这些因素都使得他将研究重心放在了古典文学上。但他认为，不论是研究古代还是现代文学，都可以达到通过文学研究来思考人生的目的。事实上，除了二战时期和 20 世纪六七十年代，他一直没有放弃过对中国当代文学的关注。

第二，目加田诚的学术特色与研究方法。目加田诚的学问，表现出了与高田真治、服部宇之吉、盐谷温、竹内好以及重视考据的京都学派学者不同的治学之风。他认为学问的最终目的是思考人生，其学术研究不是从狭隘的兴趣主义出发的，而是极具平衡性的研究。他的研究成果中有大量译著，其译文兼具专业性和平易性，体现出强烈的大众关怀意识。他的研究方法多样，其中，文本内部的研究方法主要表现为灵活的翻译手法的运用和注释中的问题意识，文本外部的研究方法表现了开放的文化学姿态。此外，他还将比较文学的研究方法自觉或不自觉地运用到文学研究中来。

　　第三，目加田诚的学术成就。在日本，目加田诚不仅是将《诗经》从经学转为文学研究的第一人，还是将民俗学方法融入《诗经》文本研究的开创者。他还是首位对《文心雕龙》进行现代日语翻译的学者，是二战后研究《文心雕龙》最积极的学者之一。目加田诚的中国文学研究的内容涉及各个朝代的各种文学，展示了其广泛的研究视角。

　　第四，目加田诚的文学观和中国文学史观。他认为所有用文字写成的文艺作品都是文学；文艺是人们心灵、灵魂的表现；文学创作要表现真实的情感；文学创作要有趋向美的意识；要对文学创作有道德和非功利性的要求。他认为中国文学是充满执着与留恋的文学；中国文学的精华是诗歌；中国文学是上层阶级的文学；中西文学的不同表现在对神人关系的不同理解上；中日传统文学在文以载道理念上存有差异；中日文学的自然观不同。

　　第五，同中国学术界的关系。目加田诚在学习与研究中国文学时，十分重视将自身视野与中国学界当时的最新动向保持一致。他的很多学术观点，比起日本来，更多地受到来自中国学术，特别是新中国成立前中国学者看法的影响。新中国成立之初，目加田诚在专业研究领域，也一直保持对中国学术界研究动态的高度关注。

　　以上的研究，是从整体宏观的角度，来对目加田诚其人、其研究成果做的一番探讨。有了这些研究基础，我想进一步就他关于"中国文学理论"这一方面的具体研究情况，再做些更细致的工作。

　　目加田诚的研究领域广泛，我们对他诸多研究成果的再研究尚未开展，他的研究成果是一座宝库，值得日后一一审视。在对这些研究成果进行分析时，我想先将重点放在中国文学理论研究方面。这是因为，文学理论是文学研究的三大内容之一[1]，它代表着人们对文学本质、文学创作方

1　韦勒克和沃伦认为文学研究包括文学理论、文学批评、文学史。见［美］雷·韦勒克、奥·沃伦：《文学理论》，刘象愚等译，北京：生活·读书·新知三联书店，1984年版，第31页。

法、文学发展规律的认识，同时，它又能指导和影响文学创作。目加田诚对中国文学的理解，是随着对中国文学理论研究的逐步深入而深入的。文学理论研究本身兼具原理性与指导性，他文学观的建立也与中国古代文学思想息息相关。研究者在对文学理论进行研究时，不可避免地会穿插着自身的文学观点和理论意识。比如他在《文心雕龙》译著中就谈道："文学的根源是出于自然之道。"[1] 又如他的气论思想、崇尚自然的理念，均受到中国古代文学理论的影响。所以针对目加田诚的中国文学理论研究的再研究，有助于我们了解他对于中国文学理论讨论的对象，即中国文学本体的认识，同时也有助于我们了解其自身的文学观。期待经由本研究，能使我们获得对目加田诚中国文学理论研究清晰具体的认识。

目加田诚的大部分研究成果都集中在《目加田诚著作集》全八卷当中。它们分别是：第一卷《诗经研究》(1985)，第二卷《定本诗经译注上》(1983)，第三卷《定本诗经译注下·楚辞》(1983)，第四卷《中国文学论考》(1985)，第五卷《文心雕龙》(1986)，第六卷《唐代诗史》(1981)，第七卷《杜甫的诗与生涯》(1984)，第八卷《中国文学随想集》(1986)。目加田诚关于中国文学理论的研究论文有：《王国维的〈红楼梦评论〉与〈人间词话〉》(1937)、《关于诗格与诗境》(1949)、《六朝文艺论札记》(1947)、《六朝文艺论中的"神""气"问题》(1948)、《李笠翁的戏曲》(1950)、《水浒传的解释》(1954)、《关于风骨》(1965)、《关于风格》(1966)、《中国文艺思想中的自然》(1966)、《刘勰的风骨论》(1966)、《阳明学与明代的文艺》(1971)、《中晚唐的诗论与司空图的〈二十四诗品〉》(1975)。除了《关于风格》一文，其余文章均收录于著作集第四卷《中国文学论考》中，本书将重点以这些文章为研究底本，对目加田诚文学理论方面的研究进行评述。从审美的角度，我想做出以下几点归纳。

---

1   [日]目加田诚：《目加田诚著作集第五卷·文心雕龙》，东京：龙溪书舍，1986年版，第9页。

　　第一，目加田诚对中国古代文学理论的理解，是建立在一定哲学美学思想基础之上的。他对中国文学的理解基于"气论"思想。他认为气是构成宇宙万物最小的单位，人禀气而生，文学反映人之气。因人的气有清浊之分，所以若想成就典雅高格之文，就必须育成作者的高雅之气。而作者超诣之气的获得，必须以物我一如之境为先提条件。他的这些理念，是在接纳中国传统气论思想的基础上，不断吸收中国古代文论的相关理论而来的。

　　第二，如果说气论是一种哲学观，那么"尚自然"的文学理念则是气论在文学领域中的具体表现。目加田诚接受了中国传统的气论思想，在人与自然的关系上便主张尊重自然，强调心与物的融合。在他看来，中国文学最讲人与自然的和谐相处，人在精神与天地自然而成的万化冥合之境，才能发现真正的美，创造出真正的文学。在人与自然的层面，中国古代的哲学思想对他的影响，远远大过西方近代主义的自然观。西方写实主义和自然主义文学试图站在公平客观的立场对对象进行详尽的描述。然而目加田诚却不喜用缜密的、机械化的方法来研究文学和进行文学创作。他希望在对事物事无巨细的描述之上，能有一个更高层次的境界，即物我一如之境，人在这个层面，能将精神深入到对事物本质的理解中去，从而创作出充满余情余韵的文学。目加田诚的学问以不晦涩艰辛、贯穿始终的真诚之心和情感的自然体现为特点，他崇尚文学的自然之美，但这种自然不是不加雕琢的原始状态，而是经过人们技巧训练的升华，情感真实流露的自然。他深谙古代中国的自然观，并将其纳入了自身文学观的思想体系中来，他的很多研究结论，都是从"自然"的角度进行分析而得出的。

　　第三，目加田诚具体的文学理论研究观点。他认为"气"是构成万事万物最小的分子，"神"与"气"结合，就能创作出优秀的文艺作品。"风"是情趣和感染力，"骨"是对言辞和事义的要求。六朝文学中的自然观表现了人与自然的和谐，自然之心的表达要靠技巧的磨炼。目加田诚对刘勰、钟嵘、司空图等人的文学理论均给予了高度评价。他认为刘勰最看重文与自然之道的联系，是在自然的基础上对文学创作施以技巧的。钟嵘最反对在文学创作中强以用典，其自然观表现得也最为彻底。司空图的诗论以象征性的言说论述物我一如之境的达成，也是出于自然的。目加田诚还对当时不为学者重视，却最能体现唐代诗论独特特点的诗格有所研究。他认为诗格是诗的样式，格以不用典为最上，诗人个体的风格与时代风格相通；《吟窗杂录》是一部僧侣转录之作；"境"与"意"相关，王昌龄诗论的"三境"是"真"的审美境界，诗境的创造离不开作者自身的修炼。目加田诚对明代李贽的思想产生了强烈的共鸣。他认为李贽的思想具有反礼教反教条的鲜明特点，其"童心说"以人真诚不染的本初之心为贵。金圣叹的点评展示了其嬉笑怒骂的自由思想，获得了目加田诚的肯定。目加田诚还对李渔戏曲理论给予了很高的评价。他将日本江户戏作文学与李渔的戏曲进行比较，认为前者充满了非自然的、怪异的故事情节，在"情理自然"这一点上不能望李渔之项背。他认为王国维的《红楼梦》评论生硬地糅合了西方理论和中国文学，是不自然的。而《人间词话》在运用西方美学思想阐释中国文学方面做得融会贯通，是中西学结合的一部成功之作。

第一章

——

魏晋南北朝文论研究

　　魏晋南北朝时期，是中国古代文论史上最耀眼的时代。对于这样一个经典众多、对后世文学理论及文学创作都产生了巨大影响的时期，目加田诚给予了充分的关注。六朝的文学理论也对他自身文学理念的形成有着很深的影响。他曾说："若要了解中国文学的本质，就必须要知道六朝的文学思想。因为在中国，文学作为文学有着独立的价值而被承认就是在魏晋六朝时期。"[1] 六朝文论的主要批评术语"气""神""风骨"究竟该如何解读，刘勰、钟嵘等人的文学理论，以及对给予后世以很大影响的自然观该如何评判，这些都是目加田诚文学理论研究的重点。就此他写了《关于风骨》（1965）、《六朝文艺论札记》（1947）、《六朝文艺论中的"神""气"问题》（1948）、《中国文艺思想中的自然》（1966）[2]、《刘勰的风骨论》（1966）等文章，其《文心雕龙》译著中也有一些与六朝文论相关的见解。

　　目加田诚认为六朝文论最重要的就是在讲"自然"。这种自然不仅表现在文学作品中，也表现在作者的处世态度，以及人与自然的和谐关系上。他说道："精神到达与天地自然冥合的境地，才有真正的美和真正的文学，这是不仅限于文艺，也通用于后世的，存于所有中国艺术理论中的

1　［日］目加田诚：《后记》，载《目加田诚著作集第四卷·中国文学论考》，第529页。

2　这篇文章的汉译《中国文艺中"自然"的意义》一文，被收入1985年上海古籍出版社出版的《中华文史论丛》第二辑。原文题目为"中国文芸思想における自然ということ"，本文直译为"中国文艺思想中的自然"。

思想。"[1]

在目加田诚的学问之路上，他对于缜密的、机械化的艺术形式和方法，似乎一直都在回避。他希望其研究在琐碎的、事无巨细的描述之上，能建立一个更高层次的平台。在这个平台之上，有物我一致的融会贯通，有研究主体精神的深入渗透，研究者从而能更好地探索人与社会、自然之道。在人与自然的层面，中国古代的哲学思想对他的影响远远大过西方。西方对自然的观念表现在文学上，是追求对事物绝对化的客观描述，淡化主体的审美意识而强化事物的客观体现。西方自然主义文学与中国传统对自然的理解是截然不同的。中国的自然山水文学，不论其中包含儒释道何种思想的影响，都体现着人与自然的和谐统一，正如《易经》讲的三才之道，天地人的关系是有机的整体，人与自然是相通的。中国传统文学强调表现自然要达到"文已尽而意有余"的境界，就如同绘画时要留有余白，好的文学必须拥有余韵和余情，才能唤起读者心底的感动，这便与西方写实主义和自然主义文学试图站在公平客观的立场对对象进行详尽的描述形成了鲜明的对比。黑格尔《美学》中说："最高尚最卓越的东西都不是什么不可言说的东西，认为诗人在作品里所表现的之外，还有远较深刻的东西，那是不正确的。"[2]相比西方一些学者对中国诗学上的意与境的不甚了解，目加田诚则深谙中国传统美学之道，对中国文学的自然观有着强烈的欣赏之情。目加田诚的学问以不晦涩艰辛、贯穿始终的真诚之心和情感的自然体现为特点，他崇尚文学的自然之美，但这种自然不是不加雕琢的原始状态，而是经过人们技巧训练的升华，情感真实流露的自然。在分析目加田诚的文学研究过程中，我们总能体会到他对作品背后作者之心的苦苦探索，他认为好的文学作品，一定是作者真心的流露，这种真心在文字的表达层面上具有不可更改的特性，在文字表达之

1　［日］目加田诚：《目加田诚著作集第四卷·中国文学论考》，第73页。
2　（德）黑格尔：《美学》第一卷，朱光潜译，北京：商务印书馆，1997年版，第368页。

外有着深刻的韵味，体现着精神上至真至诚的境界，读者就是因此而被打动的。所以我们不难理解，他为何会关注六朝的"自然文学"。而在对"气""神""风骨"和刘勰、钟嵘的文学思想进行讨论时，他也往往从"尚自然"的角度进行解读。

第一节　《文心雕龙》的研究——对文学本质的思考

目加田诚说："若要了解中国文学的本质，就必须要知道六朝的文学思想。"[1]《文心雕龙》代表着六朝乃至整个古代文学理论的最高成就。目加田诚思考中国文学的本质，必定不会错过这部"体大虑周"的巅峰之作。目加田诚自身的文学观，很多就来自《文心雕龙》。他认为《文心雕龙》最主要的就是在讲文与自然的关系。刘勰在《原道》《神思》《风骨》《养气》等篇章中表达的自然的文学理念，都给予了目加田诚深刻影响。目加田诚关于《文心雕龙》的译注研究在中日学术界均产生了热烈反响。

一、在日本《文心雕龙》研究史上的地位

目加田诚是日本最早开始《文心雕龙》译注的学者，开创了《文心雕龙》现代日语译注的先河。他也是第二次世界大战后首位发表《文心雕龙》研究成果的学者。正因为他在日本现代《文心雕龙》研究史上具有开拓性的地位，才会被日本方面一致推举为代表团团长，参加了1984年复旦大学召开的第一届"中日学者《文心雕龙》研讨会"。

1　［日］目加田诚：《后记》，载《目加田诚著作集第八卷·中国文学随想集》，东京：龙溪书舍，1986年版，第529页。

　　《文心雕龙》是目加田诚继《诗经》研究工作取得一定的成果后，较早着手研究的又一部文学理论著作。第二次世界大战时期，九州大学支那文学科几乎没有学生，没有课程负担的目加田诚便组织成立了"六朝文艺论"的综合研究会。研究会成员包括大学时代的好友星川清孝等人，他们在 1941—1943 年间，主要就《文心雕龙》等六朝文学理论著作进行研究。二战后，目加田诚在九州大学开设《文心雕龙》相关课程，以极大的热情展开对文本的精读研习工作。他在九州大学任教期间学术上取得的最大成果，就是完成了《文心雕龙》的译注。《文心雕龙》是中国古代文学理论集大成之作，目加田诚之所以选择这部"体大虑周"的文学理论经典进行研究，一方面与他当时急于认清中国文学本质的心理有关（参看笔者《目加田诚及其中国文学研究》一书），一方面也是因为日本学术界对《文心雕龙》的研究非常少，目加田诚想弥补这一不足。1945—1963 年，他陆续在九州大学文学会刊《文学研究》上发表《文心雕龙》的部分译注，并于1974 年经东京平凡社出版了《文心雕龙》全译本，后收入《目加田诚著作集第五卷》中。

　　日本最早积极开展《文心雕龙》研究的学者是铃木虎雄。他长于《文心雕龙》版本方面的研究，是《文心雕龙》敦煌版本研究的第一人，撰写有《敦煌本〈文心雕龙〉校勘记》（1926）、《黄叔琳本〈文心雕龙〉校勘记》（1928）。日本在 20 世纪 50 年代后，在《文心雕龙》版本、注释、翻译、书志、内容研究等方面都取得了很大成绩。[1] 版本研究方面，以户田浩晓最为突出。他写有《〈文心雕龙〉何义门校宋本考》（1954）、《关于冈白驹的〈文心雕龙〉出版》（1958）、《关于〈文心雕龙〉梅庆生音注本的不同版本》（1960）、《〈文心雕龙〉校本的制作》（1965）、《作为校勘资料的〈文心雕龙〉敦煌本》（1968）、《黄叔琳本〈文心雕龙〉校

---

[1]　关于日本近现代学者研究《文心雕龙》的情况，可参照笔者《近现代日本〈文心雕龙〉的研究概况》（《襄樊学院学报》2011年第7期，第67—71页）一文。

勘记补》（1968）、《〈文心雕龙〉校勘余话》（1968）、《关于〈文心雕龙〉三畏堂刻本》（1991）等文章。在《文心雕龙》注疏方面，当以斯波六郎的研究最为瞩目。他的《文心雕龙范注补证》（1952）、《文心雕龙札记》（1953—1958）是日本《文心雕龙》校注方面的扛鼎之作。他本欲完成《文心雕龙》全书的注释工作，但可惜的是只完成了前四篇便因病离世，是为《文心雕龙札记》。另外，冈村繁、高桥和巳、林田慎之助、安东谅、门协广文、甲斐胜二、兴膳宏等人均在20世纪60—80年代发表过多种关于《文心雕龙》索引、书志、理论内容等方面的研究。我们可以参照古川末喜编的《日本有关中国古代文论研究的文献目录（1945—1982）》[1]，以及"日外アソシエーツ"（日外协会）编的《中国文学研究文献要览1978—2005》、京都大学人文科学研究所编的《东洋学文献类目》等目录了解这一情况。

在铃木虎雄20世纪20年代的研究之后，几乎没有日本学者发表过关于《文心雕龙》的研究。20世纪五六十年代，日本受到中国"龙学"热的影响，对《文心雕龙》的研究开始多了起来。目加田诚发表于20世纪40年代的《文心雕龙》研究成果，在日本《文心雕龙》研究史上无疑起到了继往开来、承上启下的重要作用。

二、具有读者意识的译注研究

目加田诚在《文心雕龙》研究方面取得的最大成果，当为完成了《文心雕龙》全书的日语翻译和注释。《文心雕龙》全译本在日本共有三部，除了目加田诚译本，还有兴膳宏、户田浩晓译本。

兴膳宏的全译本在1968年由东京筑摩书房出版，收录于《世界古典

---

1 ［日］古川末喜：《日本有关中国古代文论研究的文献目录（1945—1982）》，载《中国文艺思想史论丛第2辑》，北京：北京大学出版社，1985年版，第389—438页。

文学全集 25·陶渊明·文心雕龙》中。目加田诚是最早发表《文心雕龙》部分篇章译注的学者，而兴膳宏则首先完成了《文心雕龙》全书的译注。他的全译本以范文澜《文心雕龙注》为翻译底本，并参考了国内外的先学之说，成书形式以现代日语译文为始，继而附以日语训读和字句注释。兴膳宏的现代日语译文接近原文，但没有普通日语训读容易出现的生搬硬套之感，釜谷武志在评价该译文时说："（它）以带有非常流利的现代日语与日本传统的文雅的训读文这两种译文和其他注释本未曾有过的较细的注解为特征。"[1] 作者也在书后的"文心雕龙解说"部分中特意指出，书中的"现代日语译文不是对日文训读的辅助说明，而是堪于品读的独立存在，为此笔者煞费苦心"。[2] 不过，兴膳宏的译本适合学术专业人员作为研究底本使用，在面向大众读者方面逊于另外两个版本。

户田浩晓在 1960—1970 年间，选择了《文心雕龙》的十二篇进行译注，成果陆续发表在立正大学的《城南汉学》上。后来他又将其增补汇为十八篇，收入明德出版社 1972 年出版的《中国古典新书》系列《文心雕龙》中。户田浩晓希望"将《文心雕龙》作为一个古典的文章读本提供给日本的读者"[3]，限于篇幅，他仅选择了《文心雕龙》原道、征圣、宗经、正维、辨骚、明诗、诠赋、神思、体性、通变、定势、情采、镕裁、声律、夸饰、练字、附会、序志这十八篇进行译注。译文原文以中华书局印行的四部备要本为底本，附有现代日语的译文和简单的注释。在此书之后，户田浩晓陆续完成了《文心雕龙》五十篇全译。明治书院于 1974 年、1978 年分上下两册出版了该书，这是户田浩晓多年解读《文心雕龙》的集大成之作。原文"以 1738 年刊养素堂版黄叔琳辑注本为底本，并参考了

1　转引自王元化：《日本研究〈文心雕龙〉论文集》，济南：齐鲁书社，1983年版，第3页。

2　［日］兴膳宏：《世界古典文学全集25·陶渊明·文心雕龙》，东京：筑摩书房，1970年版，第481页。

3　［日］户田浩晓：《中国文学论考》，东京：汲古书院，1987年版，第219页。

敦煌本以下明清诸刊本、类书等所引之文，参考校订了诸家的校语"[1]。不同于兴膳宏本和目加田诚本，该译本附有《文心雕龙》的原文。原文之下注有日文训读，在原文之前有"题意"，是为该篇章的解题。原文之后是"通释"，即现代日语翻译，继而是"语释"，即对原文的注释。该译本最大的特点是以多部版本为翻译底本。户田浩晓在《文心雕龙》版本研究方面成绩斐然[2]，他的译本也体现出了在这方面的优势。但是，它的"通释"即现代日语翻译部分意译之处过多，比如开篇"文之为德也大矣"，其"通释"译文为："うるわしきもの——その存在は、すばらしいことだ"[3]（美的事物——它的存在，是多么的好啊），文字不免有过于俗易之嫌。

相对于以上两个译本，目加田诚的译注不仅注意到了学术的深度，还考虑到了普通大众的接受程度，是读者意识和专业性兼具的译注。他将译文处理为以直译为主的现代日语，最大限度地保留了原文之意，在遇有难解之处则作注说明。其译文是"简洁、明晰、达意"[4]的，字里行间带有娓娓道来、温文尔雅的气质。小尾郊一就说："目加田诚的《文心雕龙》翻译是这一领域的嚆矢。以新鲜、流畅见长，实在有非常大的意义。"[5]目加田诚在书中凡例中说，书中的注多取自范文澜的《文心雕龙注》，此外，郭晋稀的《文心雕龙译注十八篇》、李景溁的《文心雕龙新解》等对他的翻译帮助也很大。该译本为了方便读者，在一些篇章之首，每段文字之后，还附有目加田诚对于一些相关事例的解说，包含着译者的许多学术思

1　［日］户田浩晓：《新释汉文大系·文心雕龙》上册，东京：明治书院，1987年版，第7页。

2　如户田浩晓发现了神田喜一郎藏有海内孤本明弘治十七年（1504）的冯允中刊本。1958年，户田浩晓获得了不列颠协会的敦煌本摄影胶卷，他将自己的发现写入《作为校勘资料的文心雕龙敦煌本》（1968）一文。此外，他在《关于文心雕龙梅庆生音注本的不同版本》（1960）中，考证出有六种梅庆生版本。

3　［日］户田浩晓：《新释汉文大系·文心雕龙》上册，第16页。

4　［日］今浜通隆语：《解说》，载《目加田诚著作集第五卷·文心雕龙》，第483页。

5　转引自李庆：《日本汉学史》第三部，上海：上海外语教育出版社，2004年版，第755页。

考与研究。例如，目加田诚译本之后附有解题，共分为九部分，其内容分别是：汉代之前文学的意义；六朝文学独立性的形成；刘勰之前的文学理论；刘勰生平与《文心雕龙》成立的背景；《文心雕龙》的构成；刘勰根植于《系辞传》的自然思想；刘勰的气与风骨；骈文形式虽美但不利于主旨的表达；后世对《文心雕龙》的研究。其中不乏作者的一些真知灼见，如他对刘勰的自然观，以及风、神、气、骨、格等字义概念的探讨。正如甲斐胜二评价的那样："（目加田诚的）翻译文章典雅而平易，使人比较容易了解刘勰所说的内容。这虽然是为一般读者翻译的，注释也不多，但随处可见到他的见解，所以研究上的价值也很高，因为他的翻译里包含了对六朝文学和文论以及从古代到现代文艺的广泛的研究成就。"[1]

第二节　"气"与"神"

气论是目加田诚哲学美学思想的基础。目加田诚深受中国传统文论中气论思想的影响，在对很多文论进行研究时都表现出了从气论角度出发分析的倾向。在他的气论思想中，气与神是两个不容忽视的概念。他认为气是构成万事万物最小的分子，神依靠气来鼓舞，神气结合，就能创作出优秀的文艺作品。

一、关于"气"——"气"是生命力

气是一个古老抽象的概念，先秦已有讨论，齐梁时代的文学论、书

1　见《文心雕龙学综览·学者简介》"目加田诚"条，杨明照编：《文心雕龙学综览》，上海：上海书店出版社，1995年版，第322页。

论、画论中开始广泛为人提及，如顾恺之的画论"刻削为容仪，不画生气"，就是讲的将描绘对象的生气表现出来是一件很困难的事。魏文帝《典论·论文》谈到"文以气为主，气之清浊有体"，开创了以气论文的先河。在经过魏晋玄学、唐宋佛学的浸染下，气成为了传统文论中必不可少的论说因素。目加田诚在评价六朝乃至中国古代的文艺时，最为着重论述的就是气的概念，他赋予了气在文艺上重要的作用，他说：

> 文艺的地位在六朝是非常高的，强调文基于道，这是以《易》，特别是《系辞》的思想为背景的。天地之气使宇宙得以运转，人也是禀气而生，凭借气与天地的生命合而为一。文亦是出于人的性情。天地自然之文表现在人的语言上，被文字所记载。它是勃勃的天地自然之道的表现，所以文的气就是生命。[1]

（一）"气"是生命力

什么是气？目加田诚一言以蔽之：气就是生命力。这种生命力说，我们在他的很多文章中都可以看到。比如：

> 气是天地的生命力，人也是禀气而生的，所以气是人的生命的象征。[2]（《刘勰的风骨论》）
> 气在战国时代，具有了观念性，被认为是宇宙的生命原动力。[3]（《六朝文艺论中的"神""气"问题》）
> 气是人的呼吸现象，呼吸之气与天地之气相通，这些气便都是生

1　［日］目加田诚：《六朝文艺论札记》，载《目加田诚著作集第四卷·中国文学论考》，第73页。

2　［日］目加田诚：《刘勰的风骨论》，同上书，第409页。

3　［日］目加田诚：《六朝文艺论中的"神""气"问题》，同上书，第104页。

命的象征，宇宙活动的全部都是气的作用，所以天地间的形象都是气之作用的结果。[1]（《六朝文艺论中的"神""气"问题》）

作者的气质，与生俱来之气是决定文艺作品的关键。气是自然秉承的，它自然地流露于文字之中，文章里有作者的气息——生命的流动。[2]（《六朝文艺论中的"神""气"问题》）

气是宇宙的生命之本……气是生命的象征。[3]（《文学与人》）

那么目加田诚为何会将气视为生命力呢？我们来看他对气的以下认识。他说："气字本来是指云气之形。人们感受到天地之灵，感到天地之间有澎湃活跃之物时，就称其为天地之气。人借着气来呼吸，呼吸是生命的象征。风是天地的呼吸，就如同天地之气失常会变为暴风雨一样，人受哀怒之情所驱，呼吸也会变得急迫。"[4]"活着的我们因为肉体的生理性，思考与感知活着的宇宙。我们的肉体凭借呼吸而与宇宙之气相连，人类的生命是一个大的生命体的表现。人之气可以充满整个宇宙，这种看法之中有着汲取不尽的奥秘。我们的呼吸与我们的精神状态紧密联系在一起。气定而心静，气暴而宇宙失和。我们感到人之气与天地之气相通时，神气这个词就产生了。我们停止呼吸就会失去生命，肉体毁灭。我们与生命的孕育一道，禀天地之气，与天地共生。"[5]

由此可见，目加田诚是从人的呼吸之气角度出发理解气的含义的，所以会得出气是生命力的结论。国内也有学者持类似的看法，如有学者认为

1　［日］目加田诚：《六朝文艺论中的"神""气"问题》，载《目加田诚著作集第四卷·中国文学论考》，第108页。

2　同上，第112页。

3　［日］目加田诚：《文学与人》，载《目加田诚著作集第八卷·中国文学随想集》，第13页。

4　［日］目加田诚：《六朝文艺论札记》，载《目加田诚著作集第四卷·中国文学论考》，第68页。

5　同上，第69页。

"气不仅指天上万物，而且也是生命体生命力的本质"[1]，在有的书中，气还被直接翻译为"vital power"（生命力）。诚然，《论语》中的"屏气似不息者"[2]（《乡党》）、"血气未定""血气方刚""血气既衰"[3]（《季氏》）等词句，均以气来表达人间生命的活力。屏气、血气都同我们的生理现象和精神状态有关。但它们只是诸多气的一种，都是依托有生命的人所发出的，只能代表气的某一种性质。举一个例子，我们知道，物理上的气，如自然界的雾气、氤氲之气等是无生命的，而人的呼吸之气有生命，二者同为气，却有着区别。荀子曰："水火有气而无生"[4]，又曰："人有气，有生"[5]（《荀子·王制》），很明显，"气"和"生"是不能等同的。目加田诚的上述说法将具有更广泛意义的气理解为生命力一点，压缩了气的含义，有以点概面之嫌。

目加田诚对六朝文论中气的解读，脱离不了气的上述哲学层面的研究。若论文学理论上的气，我们不得不探讨气在中国古代哲学思想上的意义，因为两者所得以表现的文史哲载体在中国古代的共通性，也更因为气就是古人构筑的自然观，它理所当然地会直接或间接地体现在古人的文学作品、文艺批评、文学理论乃至书论画论之中。可以说，古代的文学、艺术、医学、科学，甚至人们的衣食住行、生活意识等方方面面，都有气之理念的影响。古人认为，气不仅是构成人类存在、活动和消亡的客观原因，它还关乎世间万物的兴衰消长、阴阳调和，是万物最根本的元素，它包含在整个宇宙中，"其细无内，其大无外"[6]（《管子·心术下》），是无限

1　张运华：《先秦气论的产生及发展》，载《唐都学刊》，1995年第3期总43期，第4页。

2　（宋）朱熹注，王浩整理：《四书集注》，南京：凤凰出版社，2008年版，第114页。

3　同上，第168页。

4　（清）王先谦：《荀子集解》上，北京：中华书局，1988年版，第164页。

5　同上注。

6　（春秋）管仲：《管子》（吴文涛、张善良编），北京：北京燕山出版社，1995年版，第344页。

大和无限小的存在，是宇宙的本原。人禀气而生，气有内在的能动性，所谓"气者身之充也"[1]（《管子·心术下》），"人之生，气之聚也。聚则为生，散则为死"[2]（《庄子·知北游》）。然而气不仅仅表现为生命力，同时它还是一种客观存在。虽然哲学概念的气是从物理之气发展而来，但气在具有了概念性和形而上的哲学意义时，它的形而下的特点仍然得到了保留，即气既有概念性的性能，同时还是物质。在古人的自然观中，气是个无所不能解释的概念。比如，作为世间万物之元素之气（形而上）是可以与自然界之气（形而下）相通的，汉王充曰："天地合气，万物自生"[3]。（《论衡·自然》）明王廷相曰："气虽无形可见，却是实有之物，口可以吸而入，手可以摇而得，非虚寂空冥无所索取者。"[4]（《答何柏斋造化论》）这两种说法均告知我们气有物质性。宋代张载认为，可见的客观和不可见的客观都是气，他说："凡有，皆象也；凡象，皆气也"[5]（《正蒙·乾称》）；"太虚无形，气之本体，其聚其散，变化之客形尔"[6]（《正蒙·太和》）；"游气纷扰，合而成质者"[7]（《正蒙·太和》）。这些话的意思是说，宇宙万物都是气之所造，气无处不在，它不断地集聚散和，发生变化，而产生万物。这说明，没有生命的土、石、金都是可以纳入气化范围内的。如果将气看作是生命力，那么这些无生命之物的气怎样解释呢？生命力之说值得商榷。李存山先生曾指出："秦以后，阴阳五行家的思想被儒、道两家普遍吸收，于是有了'气（阴阳）——天地——（阴阳）五行——万物'的普遍架构。这

1　（春秋）管仲：《管子》（吴文涛、张善良编），北京：北京燕山出版社，1995年版，第344页。

2　（战国）庄周著，沙少海注：《庄子集注》，贵阳：贵州人民出版社，1987年版，第234页。

3　（汉）王充：《论衡》，上海：上海人民出版社，1974年版，第277页。

4　（明）王廷相：《答何柏斋造化论》，载王永宽校注：《何瑭集》，郑州：中州古籍出版社，1999年版，第490页。

5　（宋）张载著，章锡琛点校：《张载集》，北京：中华书局，2006年版，第63页。

6　同上，第7页。

7　同上，第9页。

一气论的普遍架构，与儒家的仁学、道家（以及道教）的道论等等结合在一起，而贯穿秦以后中国哲学的始终。"[1] 或许我们可以从此说得到启发，从阴阳五行之间可以生生不息相互转化的角度，来理解事物的层出不穷这一现象类似于生命物种的出生，但这个角度的"生"是发生、出现之意，与生命力的"生"之意还是有着很大的不同，将气直接定义为生命力，恐怕是欠妥当的。

另外，目加田诚认为："秦至汉时，气的思想得到进一步扩散，从原本形而下转变为观念性的、半形而上的性质。"[2] 目加田诚所说的气带有半形而上的性质，是指形而下与形而上兼具的意思，从气之含义的历史发展角度来看，这种观点不无合理性。历史上气的含义多有变化，《论语·季氏》所说的"血气未定""血气方刚""血气既衰"这几处的血气指的是人的血气，是形而下者。《左传·昭公元年》曰："天有六气"，[3] "六气曰阴、阳、风、雨、晦、明也"[4]，这里的气就是形而上者了。但气开始具有形而上的含义，时间上并非如目加田诚所说的秦汉，而是早在西周末年。《史记》载，公元前 780 年，西周泾、渭、洛三川发生地震，太史伯阳父这样解释这次地震，"夫天地之气，不失其序；若过其序，民乱之也。阳伏而不能出，阴迫而不能蒸，于是有地震"[5]。用气的失序来解释自然现象，便使气带有了抽象性。战国末期，《管子》四篇开创了气一元论之说，认为气是宇宙的本原。东汉王充有著名的元气论，认为元气是人的生命与天地自然统一的物质基础，人的生命活动是物质运动的一种特殊形态。至宋代，张载的气本论代替了元气论的地位，成为宋元明清时期主导的气论思

1　李存山：《气论对于中国哲学的重要意义》，载《中国哲学》，2012年第3期，第38页。

2　［日］目加田诚：《六朝文艺论中的"神""气"问题》，载《目加田诚著作集第四卷·中国文学论考》，第106页。

3　李索：《左传正宗》，北京：华夏出版社，2011年版，第471页。

4　同上注。

5　（汉）司马迁著，易行、孙嘉镇校订：《史记》，北京：线装书局，2006年版，第16页。

想。其说认为气为宇宙之本，气的本然形态是太虚。以上诸说虽有不同，但都肯定天地万物的实体性，所以气也具有了半形而上的性质。

（二）"养气"强调人的能动性

在中国传统儒家思想看来，人具有物质性和现实性，凭借后天的修养，其气是可以达到"塞于天地之间"的境界。以孟子的"浩然之气"说为代表。孟子说："难言也。其为气也，至大至刚，以直养而无害，则塞于天地之间。其为气也，配义与道；无是，馁也。"[1] 目加田诚对这句话解释说：

> 孟子不认为只养气就行了，而是认为要积极地养浩然之气，即盛大流行之气，配以义与道，培养和充实气，用这样的气充斥于天地之间。可见，这个气是人类肉体性生理性现象的气得到扩充而充满天地之间的气。而且，天地之气完全与我们体内之气相流通，我们的气又可以无限扩充以充满天地。[2]

虽然目加田诚将气视为生命力的看法不妥，但他在分析孟子养气说时强调了人的能动性，这一点是正确的。因为他持气是宇宙生命原动力的观点，所以他从诸说中求证气的活跃性。比如他在谈到《孟子·公孙丑》中的"持其志，勿暴其气"时就解释说："气与血气相近，是充满体内的跃动力。它充满五体，辅助志的运用。如果气变得专一而失去平衡的话，志也会受到影响。所以要养气，勿使其暴。"[3] 这样的解释是合理的。气因为其流动的特点，有时会失衡变得暴，为了避免发生这种情况，它应该受

1　（宋）朱熹注，王浩整理：《四书集注》，南京：凤凰出版社，2008版，第222页。
2　［日］目加田诚：《六朝文艺论中的"神""气"问题》，载《目加田诚著作集第四卷·中国文学论考》，第104页。
3　同上注。

到约束。与庄子以虚空之心待物的自然观不同，孟子的"气"便具有为"志"服务的被约束性。孟子有"夫志，气之帅也"[1]之论，孔子也说："君子有三戒：少之时，血气未定，戒之在色；及其壮也，血气方刚，戒之在斗；及其老也，血气既衰，戒之在得。"[2]（《论语·季氏》）这些都说明气是应当受到约束和管理的。另外，孟子的养气更多的是对自身的内省，对于仁的补充。在气与志的关系中，气能影响志，反过来志又可以指导气的养成。气最初是宇宙万物最小的分子，能最后形成塞于天地之间的浩然之气，全由志的培养。志是儒家的道德，孟子的养气，就是要用儒家道德来培养气，在养气过程中，人的主观意识的重要性始终被放置在第一位。

　　关于目加田诚对孟子养气说的评论，这里另外指出一点。张少康等先生著的《文心雕龙研究史》一书中提到，目加田诚在《刘勰的风骨论》一文中将《文心雕龙·养气》篇所说的作家生理之气与孟子"养浩然之气"等同视之，欠于严密。[3]但事实上，目加田诚认为刘勰的"养气"与孟子养"浩然之气"是有区别的。目加田诚《刘勰的风骨论》的中译文收录在王元化主编，齐鲁书社 1983 年出版的《日本研究〈文心雕龙〉论文集》一书中，译文在引述刘勰《养气》篇文字和孟子"养浩然之气"这两段中间，不知何故缺少了一段原文，现翻译补充如下："但是，我认为守气，不是不强使，茫然地停止思考就行了。那么怎样养气呢？"[4]没有这些话，文章在对刘勰《养气》篇的引用后，直接就论及孟子"浩然之气"的典故，很容易令人产生"等同视之"的感觉，上书或许是受此误的影响。在《刘勰的风骨论》原文中，孟子答公孙丑的话是目加田诚翻译的现代日语，他将"其为气也，配义与道"译为："气是配合道与意（正义

1　（宋）朱熹注，王浩整理：《四书集注》，南京：凤凰出版社，2008年版，第222页。

2　同上，第168页。

3　张少康等：《文心雕龙研究史》，北京：北京大学出版社，2001年版，第306页。

4　［日］目加田诚：《刘勰的风骨论》，载《目加田诚著作集第四卷·中国文学论考》，第417页。

人道）的"[1]，他说："孟子是主张专凭基于道义来养浩然之气的。刘勰所谓的'道'（《原道》篇）含有比较深而广的自然之道的意味"[2]，"要想养充斥于天地间的气，毕竟需要从乾坤之德、习圣人经典，刘勰一方面认为要守虚静而保气，这种老庄思想在六朝时代是很流行的；另一方面，继《原道》之后的《征圣》《宗经》等篇很清楚地显示了他的根本思想是重视经典。他把经典的文章奉为通过自然之道的文辞而表现的最高典籍。"[3]这些话表明，目加田诚认为同是"养气"，孟子强调的是在人的信仰和道德方面的修养，认为可以通过后天的道德培养使气至大至刚，而刘勰在重视儒家经典的同时，也不忘对作家主观的内心世界的培养，刘勰与孟子的养气观是有区别的。

二、关于"神"——"神"与"气"结合构成真正的文艺

神也是一个由来已久的概念，目加田诚认为神具有真与诚的性质，是自由的精神世界。好的文学作品，一定是作者真心的流露，这种真心在文字的表达层面上具有不可更改的特性，在文字表达之外有着深刻的韵味，体现着精神的至真至诚的境界，读者就是因此而被打动的。

（一）"真"与"诚"通于"神"的境界
目加田诚这样定义"神"：

　　天地间的所有形象都可以看作是气的表现，形象存在于万物生生

1　［日］目加田诚：《刘勰的风骨论》，载《目加田诚著作集第四卷・中国文学论考》，第417页。
2　同上注。
3　同上，第418页。

不息的流转之相中。《易》就是观察这种万物生生不息的流转现象的。它将做成这种变化的，并且能够知晓阴阳不测之物的称为神。[1]

笔者认为上述引文中神能"做成变化"的说法有失严谨。神不是宗教之无所不能之人格化的神。《易·系辞》曰："神无方，而易无体"[2]，《易》中的神是自然属性的，本身不具有创造力，神是天地万物阴阳消长之难以衡量者。神是奥秘的，但《易》的八卦又向我们表明人可以通过它来捕捉神的所为。《易·系辞》曰："精义入神，以致用也"[3]，"穷神知化，德之盛也"[4]；"知变化之道，其知神之所为乎"[5]；"知几其神乎"[6]，也说明神是可以被感知的。《易·系辞》云："阴阳不测之谓神"[7]，《易·说卦》曰："神也者，妙万物而为言者也"[8]，阴阳不测就是宇宙发展的变化，神可以明八卦运动，是促成万物发生发展变化者。可见，"神"应该是人们对自然的种种不可预见性的概括。

目加田诚认为人如果具有"真""诚"的精神，就可以与神相通，达到自由的精神境界。他说：

事物变化流转之相的深处有着阴阳不测之神的存在。形而下者悄然成为了形而上者。人亦抱神于内。人的气虽因气之厚薄精粗而各不相同，但潜藏于内的神却可以通于天地之神。这正是天地之诚，它必

1　［日］目加田诚：《目加田诚著作集第四卷·中国文学论考》，第109页。

2　（魏）王弼注，（唐）孔颖达疏：《周易正义》，北京：中国致公出版社，2009年版，第259页。

3　同上，第289页。

4　同上注。

5　同上，第272页。

6　同上，第292页。

7　同上，第262页。

8　同上，第308页。

须是将形象抽象化而达穷极的至真。人们在天地变化流转的深处，即在假借的外表之内，追求永远的诚。在被虚幻的外物牵引，浮动拘束的内心深处，人们相信有着自由、深刻、永恒的诚的存在。我们的心之神能感知到天地之神并与之合一。它正是与神妙的天地之神相通的人心穷极之真。[1]

在这段引文中，我们看到目加田诚在反复强调"真""诚"对于达成"神"这一境地的必需性。他有时也将"神"与"真"混同起来。比如称"神即是真。所以保有神的人叫作神人，或者真人，因达到至极穷极之地，又可称为至人"[2]。他认为在到达神的精神境地时，人是无比自由的。神人、真人、至人的精神"是完全自由的，逍遥游于天地。身在繁杂愚劣之世，心却可以乐游于高远的自由之境。如果这样高扬的精神出现在艺术之中，那么这样的艺术反过来也能使得人的精神高扬"[3]。

"真"在道家思想中是一种哲学术语，如《无上秘要·入自然品》曰："自然者，道之真也"[4]，《庄子·山木》曰："见利而忘其真。"[5]目加田诚说："自然就是真"[6]，他对真的理解当由道家思想而来。他说："人被外物所曳，内在之神就不能明显地活动。洗去所有的虚伪，神方可自由地通于天地。这样的神才是真的。"[7]神离不开道，人抱神而生，要守神，就要抱有内心

1　着重号为笔者加。［日］目加田诚：《六朝文艺论中的"神""气"问题》，载《目加田诚著作集第四卷·中国文学论考》，第109—110页。

2　［日］目加田诚：《六朝文艺论中的"神""气"问题》，载《目加田诚著作集第四卷·中国文学论考》，第109页。

3　同上，第110页。

4　文物出版社、上海书店、天津古籍出版社影印：《道藏》第25册，北京：文物出版社，上海：上海书店，天津：天津古籍出版社，1988年版，第294页。

5　（战国）庄周著，沙少海注：《庄子集注》，贵阳：贵州人民出版社，1987年版，第222页。

6　［日］目加田诚：《中国文艺思想中的自然》，载《目加田诚著作集第四卷·中国文学论考》，第435页。

7　［日］目加田诚：《六朝文艺论的"神""气"问题》，同上书，第110页。

之真，这样神才能自由地来往于天地，如果追逐外物，神便会离去。这正是《庄子·在宥》所说的"无视无听，抱神以静"[1]的境界。

关于人神相通，古人有着不同的认识。《易·系辞》曰："穷神知化，德之盛也。"[2]孔颖达从儒家思想出发对此注疏曰："穷极微妙之神，晓知变化之道，乃是圣人德之盛极也。"[3]意思是说符合儒家道德和修养的圣人，才能真正到达神的境地。比儒家以人的积极教化通达神，道家强调的是要以人心的自然状态通于神。道才是宇宙变化的规律，万物复归于本原为气，神与气受道的统领，自然而然地生成与变化。所谓"道生一，一生二，二生三，三生万物"[4]，"天得一以清；地得一以宁；神得一以灵"[5]，人是自然的受造物，人的行为合乎阴阳二气自然的变化之道就可以变得英灵。如果人保有原初状态的真、诚之心，不以外物为妨碍，任凭自然的感觉产生，就能获得精神上的自由，就可以捕捉到神。在目加田诚的气论思想中，天地万物虽有不测，但其气乃实，神与气都是真实无妄的，所以人具有真与诚的精神境界才有可能与之相通。可见，目加田诚对神的理解是建立在气论基础之上，同时受到老庄思想影响的。

下面来谈一谈"诚"。

目加田诚关于"诚"的言说首先是由中国古人的看法而来。《说文解字》解释"诚"曰："信也"[6]，《广雅》曰："诚信高尊敬也。"[7]《中庸》也对"诚"有很多描述，比如："故至诚无息。不息则久，久则征。征则悠远，悠远则博厚，博厚则高明。博厚，所以载物也；高明，所以覆物也；

1　（战国）庄周著，沙少海注：《庄子集注》，贵阳：贵州人民出版社，1987年版，第121页。

2　（魏）王弼注，（唐）孔颖达疏：《周易正义》，北京：中国致公出版社，2009年版，第290页。

3　同上注。

4　（春秋）老子著，韩宏伟等注译：《道德经》，合肥：安徽人民出版社，2001年版，第95页。

5　同上，第88页。

6　王贵元编著：《说文解字校笺》，上海：学林出版社，2002年版，第95页。

7　（魏）张揖撰，（隋）曹宪音解：《广雅》，北京：中华书局，1985年版，第4页。

悠久，所以成物也。"[1]其中的"至诚无息"，朱熹注曰"既无虚假，自无间断"[2]，意思就是说天之道是真实确定的，又有着不可测性，它生生不息，可以承载万物。神是宇宙变化的客观真实反映，不可测之神也具有"诚"的现实性，故古人"推天道以明人事"，将天地与人事变化相连，人可以通过对宇宙的观察体味自我的存在，通过摸索规律而获得相对的自由。目加田诚认为神是自由的精神境地，就出于此种道理。"诚"在儒家思想中，还是一个道德概念，《中庸》云："诚者物之终始，不诚无物。是故君子诚之为贵"[3]，"诚者，天之道也；诚之者，人之道也"[4]。朱熹注曰："诚者，真实无妄之谓，天理之本然也"[5]，"圣人之德，浑然天理，真实无妄"[6]。这说明，"诚"是指圣人的美德，是君子必备的一种道德修养。"诚"的目的是为了博学明辨，慎思笃行。然而目加田诚所说的"诚"，却没有这种意义。

　　目加田诚对"诚"的理解，应当与日本传统美学概念"诚"相关。在日本古代文学中，"诚"和"物哀"并称为两个最重要的文学理念。"诚"和技巧相对，它包含真诚、诚意、不虚伪、不易等意义，是事物亘古不变的本质。以俳谐为例，松尾芭蕉的许多俳谐理念就基于"诚"。芭蕉的俳谐有闲淡枯寂之风，其根本理念是"闲寂"（さび）、"余情"（しをり）、"细微"（細み）。"闲寂"最初是指经历漫长时间后，物事人的老旧变化，带有贬义，后来转化为对旧有状态的欣赏而成为一种积极的美意识，它在日本室町时代以后的俳谐、和歌、能乐、茶道等艺术理念中均有着重要地位。俳谐上的"闲寂"理念重视体会古旧之物从内而发的美，强调事物的自然本生之美和孤独之美。比如生有苔藓的石头在俳谐的世界里

1　（宋）朱熹注，王浩整理：《四书集注》，第32页。

2　同上，第32页。

3　同上，第31页。

4　同上，第28页。

5　同上，第29页。

6　同上注。

是美的，因为从中人们可以体会到时间变迁的无情和大自然的造化之功。"余情"是由"闲寂"导出的美的情趣，带有怜悯、爱惜之意。"细微"则是作者之心与自然相通，在自然风物中体会到的细微感触。这三个理念均是建立在"诚"之上的。此外，俳谐的"不易"与"流行"理念其根本也归于"诚"，芭蕉将其命名为"风雅之诚"。他说："万代有不易，一时有变化。究此二者，其本一也。"[1] 芭蕉认为变化之中有不变的"诚"，"诚"是所有变化的本初。要把握对象之诚，就要做到自我之诚，这就要人与自然统一。日本传统的美学概念"诚"，反映了日本古人的自然观。它强调以一个自然体验者的主体角度来对自然进行赞美，含有对自然之物的尊重之意，带有强烈的个人体验感。目加田诚说："诚必须是艺术之心。"[2] 他认为包括文学在内的所有艺术，如果没有对美的本质——诚的意识，就是虚伪、毫无生命力的艺术。目加田诚对文艺之"诚"的认识显然继承了这种日本传统文化理念。他在看待中国传统文学时，就带有日本文化独特的对事物有纤细敏感的触觉，以及日本传统文化中重视物我相通时的个人体验的特点。

（二）"神"与"气"的关系

第一，神主气臣，神靠气来鼓舞。

目加田诚这样说道：

> 除去心之垢，内在之神才得以畅达。使神得以高扬的是生命之力量的气的作用。神主气臣，神靠气来鼓舞，通畅至远，或被幽藏。[3]

1　转引自叶渭渠：《日本文学史》近古卷，北京：经济日报出版社，2000年版，第394页。

2　［日］目加田诚：《中国文艺思想中的自然》，载《目加田诚著作集第四卷·中国文学论考》，第435页。

3　［日］目加田诚：《六朝文艺论中的"神""气"问题》，载《目加田诚著作集第四卷·中国文学论考》，第111页。

　　《淮南子·精神训》有"心者形之主也，而神者心之宝也"[1]一句，目加田诚的上述看法由此而来。《精神训》这句话将神提高到主导人心灵的高度，而气是构成万事万物的最小单位，是活泼流动的，它能够赋予神生动的力量。从这个角度理解，当神受到气的鼓舞时，便能够游于无限之境，通达天地，人的精神在这种时候便是无拘无束的。然而针对气、神的关系，《淮南子》中还有更加明确的叙述。《淮南子·原道训》曰："夫形者生之舍也，气者生之充也，神者生之制也。一失位则三者伤矣。是故圣人使人各处其位守其职，而不得相干也"[2]；"夫精神气志者，静而日充者以壮，躁而日耗者以老。是故圣人将养其神，和弱其气，平夷其形，而与道沉浮俯仰"[3]。意思是说人的形、气、神都要各守其位，若要到达道的境界，三者缺一不可。《淮南子·精神训》又曰："精神盛而气不散，则理，理则均，均则通，通则神，神则以视无不见，以听无不闻也，以为无不成也"[4]，"夫孔窍者，精神之户牖也，而气志者，五藏之使候也。耳目淫于声色之乐，则五藏摇动而不定矣。五藏摇动而不定，则血气滔荡而不休矣。血气滔荡而不休，则精神驰骋于外而不守矣"[5]。这些论述均表明，气与神是互为作用的整体，神与气的地位和作用不相上下。精神动摇，气便不休，气不休，神亦不守。相比之下，目加田诚的看法又与之不同。他所说的神靠气来鼓舞，显然是更看重气的作用，更强调气的活泼性，这与他认为的气是生命力的看法是相一致的。

　　第二，要达到神的境界，必须使志气通畅。

　　目加田诚说：

1　（汉）许慎著，孟庆祥等译注：《淮南子译注》上，哈尔滨：黑龙江人民出版社，2002年版，第331页。

2　同上，第45页。

3　同上注。

4　同上，第326页。

5　同上，第331页。

思想寂然而凝虑，入精粹微妙之理时，创作文学的意靠着志气就可以发扬。志气不通，就会阻碍神的发现，神就会外遁……语言控制心之动，掌管心之发，它凭借辞令的枢机使得外界事物变得清晰起来。[1]

上述关于志和辞令的看法由《文心雕龙》而来。《文心雕龙·神思》篇曰："神居胸臆，而志气统其关键；物沿耳目，而辞令管其枢机。枢机方通，则物无隐貌；关键将塞，则神有遁心。"[2]关于志，朱熹解释道："心之所之谓之志"[3]，说明志就是思想感情，属精神。《孟子·公孙丑上》曰："夫志，气之帅也；气，体之充也。夫志，至焉；气，次焉"[4]，又说明志比生理元素的气重要。那么志、气二字联合，便可以解释为在神的统率之下的人的思想感情和精神状态。刘勰曰："气以实志，志以定言，吐纳英华，莫非情性。"[5]就是在讲人的气质和文章的气势，反映着他的精神情感，而文章的语言表达也是其思维的抽象体现，有什么样的思想感情，作品就有什么样的语言风格。

第三，神气结合构成真正的文艺。

目加田诚赋予了神、气在文艺中重要的作用。他说：

神就在人内心深处，当它受到充满生命活力之气所鼓舞时，就能无限畅游而通于天地间的神秘。这种精神的自由任何人都不能阻挡，

1　［日］目加田诚：《六朝文艺论中的"神""气"问题》，载《目加田诚著作集第四卷·中国文学论考》，第119页。

2　（南朝梁）刘勰著，范文澜注：《文心雕龙注》下，北京：人民文学出版社，2008年版，第493页。

3　（宋）朱熹注，王浩整理：《四书集注》，第56页。

4　同上，第246页。

5　（南朝梁）刘勰著，范文澜注：《文心雕龙注》下，第506页。

它可以进入独来独往的境地。艺术有打动人、安慰人、提升人的作用，如果艺术能触及这样的境地，在这种境地与人产生共鸣，那便有了真正的艺术的意义。[1]

万物同受天地之气而生，当作者之气与作品之气相应，胸中之神与天地生命相通时，如果把握对象形体的奥义，将之体现于画笔之上，就能得到真正的写生之作。[2]

恰如其分的语言是唯一的不可动摇之诚。它是生动的，其中有的气跃动，有的神发现。书画文艺所有的艺术，只要得到了这样的神气，就不再是单一的形式，单一的文字了，它便有了与天地相通的生命感，也就不仅仅能够感动人心，而能打动幽冥天地的鬼神了。[3]

上述神气结合的看法应由《文心雕龙》而来。在《文心雕龙·养气》篇中，神和气便是相提并论的。《养气》篇的"率志委和，则理融而情畅；钻砺过分，则神疲而气衰"[4]，与《神思》篇中的"无务苦虑""不必劳神"说的是相同的意思。刘勰说："是以陶钧文思，贵在虚静，疏瀹五藏，澡雪精神"[5]（《神思》篇），又言"是以吐纳文艺，务在节宣，清和其心，调畅其气"[6]（《养气》篇），是说写就文章之前，要保持神情平和、内心舒畅的状态，当精神疲惫时，不如停下思索不写，要虚静以排空烦琐的思虑，如果过分思考，其气则疲，其神也劳。《虚静》篇也说，若要达到神气结合的地步，就要常保持内心虚静，靠积学酌理来培养制文之术。在我国，

1　［日］目加田诚：《六朝文艺论中的"神""气"问题》，载《目加田诚著作集第四卷·中国文学论考》，第111页。

2　同上，第117页。

3　同上注。

4　（南朝梁）刘勰著，范文澜注：《文心雕龙注》下，北京：人民文学出版社，2008年版，第646页。

5　同上，第493页。

6　同上，第647页。

学者们常将《文心雕龙》的《虚静》《养气》《神思》三篇结合在一起看。比如郭绍虞《中国文学批评史》就指出,《文心雕龙》的《神思》篇与《养气》篇所言相近,《养气》篇的气,"是指气机之流畅言。由人言,是气旺神酣之时;由文言,是机神洋溢之境"。[1]目加田诚的看法与郭绍虞接近,他认为人的生理之气得到虚静的修养后变得旺盛,人内心之神也相应地高扬,神高扬了,体现在作品之中的文气就通达顺畅。

第三节　刘勰的"风骨"论

"风骨"一词,在我国古代诗文书画等许多领域的艺术评论中都可见到,而刘勰首次将它作为文学理论的概念写入《文心雕龙》中,并单设《风骨》一篇专题论述。近代自黄侃《文心雕龙札记》(1919)以来,许多学者都对它在《文心雕龙》中的含义展开论述,风骨论成为了"龙学"具体研究中最为突出的问题之一。黄侃在札记中讲道:"风骨二者皆假于物以为喻"[2],"必知风即文意,骨即文辞,然后不蹈空虚之弊"[3]。此说在20世纪五六十年代以前一直是学界的主流看法。直到20世纪60年代,诸多学者在《光明日报·文学遗产》上展开了一场关于风骨问题的大讨论,人们才逐渐摆脱了黄侃之说的影响。虽然当时许多学者都发表文章阐明了自己的风骨说,但学术界至今也没有达成统一的意见。当时远在日本的目加田诚,看到了《光明日报》上的一系列文章,他提笔撰写了《刘勰的风骨论》一文,也参与到这场讨论中来。这篇文章最早发表于1966年1

1　郭绍虞:《中国文学批评史》,天津:百花文艺出版社,2008年版,第83页。

2　黄侃:《文心雕龙札记》,上海:华东师范大学出版社,1996年版,第127页。

3　同上注。

月，原载于日本《九州大学文学部四十周年纪念论文集》，中译文收录于1983 年齐鲁书社出版、王元化选编的《日本研究〈文心雕龙〉论文集》一书。除了上述文章，目加田诚有关"风骨"的言说还见于《六朝文学中的"气"与"神"》一文，以及《文心雕龙》后记等处。

在日本，目加田诚是日本学界对 20 世纪五六十年代中国学者风骨大论争做出反应的第一人，他的《刘勰的风骨论》是 20 世纪 60 年代日本唯——篇专论风骨的文章。文章中的以气论风、风是生命力等说法还启发了后来的一些日本学者。

一、关于"风骨"——"风"是情趣和感染力，"骨"是对言辞和事义的要求

（一）"风"的解释

第一，风和气的相关。

目加田诚将气论思想引入对风的解释。他说：

> 气是天地的生命力，人也是禀气而生的，所以气是人的生命的象征。气自然流露时就是某人的气韵、风韵。这时的气和风的用法相同，气的刚柔即是风趣的刚柔（《体性》篇）。如果气之动为风的话，作者性情的反映就称为风情，人的风情表现在容仪上，就是风采、风仪，于是人的人品就称为风格。[1]

《风骨》篇谈风，原本就是以气和风并论的。文中曰："情之含风，犹

1　着重号为笔者加。［日］目加田诚：《刘勰的风骨论》，载《目加田诚著作集第四卷·中国文学论考》，第409 页。（《刘勰的风骨论》一文，收入齐鲁书社1983年出版的王元化选编《日本研究〈文心雕龙〉论文集》，本文出现的此篇文章引文均为作者按原文翻译。）

形之包气";"意气峻爽，则文风清焉"[1]；"索莫乏气，则无风之验也"[2]；"相如赋仙，气号凌云，蔚为辞宗，乃其风力遒也"[3]。这些文字都说明气和风有着密切的关系。其实很多学者早就注意到了这一点。如，明代曹学佺在《文心雕龙》序说："故《风骨》一篇，归之于气，气属风也。"[4]清代黄叔琳在《风骨》篇上曾有眉批："气即风骨之本。"[5]徐复观在1966年的《中国文学中的"气"的问题》一文中指出："由有刚有柔之气——由内在情性通到外在文体的桥梁——落实到文体而形成'风'与'骨'即人之生命力在文章中表现之两种艺术形相。"[6]童庆炳在1999年《〈文心雕龙〉"风清骨峻"说》一文中认为气是风与骨生成的原因。较之这些说法，目加田诚没有将气作为风骨的共同根源，而单独将气作为风的阐释话语。具体来说，他对气和风有如下看法。

1."气动成风"[7]。中国学者中早有从"动""静"的角度来探讨气和风者，比如范文澜《文心雕龙注》（1958）就说："气指其未动，风指其已动。"[8]

2.气关乎内心的精神。他说："气不动，精神就内聚而不舒畅。同时，气暴精神就乱。气躁就会脚下受挫，心智颠倒。"[9]这段话论述了气给予精神的密切影响。实际上中国古代典籍中，就有许多言论论及气同内心精神

1　（南朝梁）刘勰著，范文澜注：《文心雕龙注》下，第513页。

2　同上注。

3　同上注。

4　转引自陈耀南：《〈文心〉"风骨"群说辨疑》，载《求索》1998年第3期，第95页。

5　同上注。

6　同上注。

7　［日］目加田诚：《刘勰的风骨论》，载《目加田诚著作集第四卷·中国文学论考》，第408页。

8　（南朝梁）刘勰著，范文澜注：《文心雕龙注》下，第516页。

9　［日］目加田诚：《刘勰的风骨论》，载《目加田诚著作集第四卷·中国文学论考》，第409页。

的关系。如《礼记·乐记》说："气盛而化神"[1]，《礼记·祭义》说："气也者，神之盛也"[2]，郑玄注《礼记·聘义》说："精神，亦谓精气也。"[3]这些都体现了气和精神是不可分的。刘勰《文心雕龙》中的气有时表现为自然生理之气，如《风骨》篇"情之含风，犹形之包气"[4]，有时又与关乎内心精神的"志"连述，具有精神性，如《体性》篇"气以实志，志以定言"[5]。目加田诚此处的看法当属后者。他认为"气可以看作是作家的气质或个性。作家每个人都有不同的个性，它们成为作品的特色……人的气质和个性，当然会表现在作品中，成为作品的风格"[6]。

3. 气是天地的生命力，气是人生命的象征。我国"以气为力"之说早已有之。如王充云："人之精乃气也，气乃力也"[7]（《论衡·儒增》），高诱在《吕氏春秋·审时》"其气章"下注曰："气，力也。"[8]从比拟"生命"的角度来说，与目加田诚同时代的中国学者文章中，则有李泽厚的"气是生命"、寇效信的"气是生命力"、郭晋稀的"气既非生命也非生命力，而是生命之母"[9]等说法，目加田诚此说也并非首创。

在目加田诚的意识中，气和风的形成是密不可分的，所以要谈风，必先谈气。他认为气是生命的象征，是内在的生命之气，风情和气性都是内在的，是属于内心世界的，它们表现在仪容姿态举止上，就成为风采、风

1　叶绍钧注：《礼记》，上海：商务印书馆，1946年版，第99页。

2　同上，第127页。

3　（汉）郑玄注，（唐）孔颖达疏：《礼记正义》，载《四库家藏》第五卷，济南：山东画报出版社，2004年版，第1824页。

4　（南朝梁）刘勰著，范文澜注：《文心雕龙注》下，第513页。

5　同上，第506页。

6　［日］目加田诚：《目加田诚著作集第五卷·文心雕龙》，第283页。

7　（汉）王充：《论衡》，第123页。

8　（汉）高诱注：《吕氏春秋》，北京：中华书局，1954年版，第338页。

9　上述三者之说转引自郭晋稀《从〈文心雕龙〉的养气说探讨其论风格美的民族特点》，载《文心雕龙研究荟萃·〈文心雕龙〉一九八八年国际研讨会论文集》（饶芃子主编），上海书店，1992年版，第89页。

仪、风格等词。风是气动生成之物，虽然气是先于风存在的，但它又和风的用法相同，故气韵就是风韵，性情等同于风情，人的品格即人品、风格。这样看来，风和气就是相互统一的整体。目加田诚气是生命力的说法，如前所述，笔者认为或有商榷的余地。气是一个由来已久的哲学概念，它是宇宙万物的本原，一切人类的活动，自然的生生不息和阴阳消长，都复归于气，如果将气看作万事万物的最小单元，那么它可以构成任何有形无形之物，用它来解释风未尝不可，和风骨也自然是有关联的，但未免过于疏大。

虽然目加田诚上述对风和气的看法已有中国学者指出过，但在《刘勰的风骨论》这篇文章发表的 20 世纪 60 年代，并没有日本学者重视气和风的关系问题。如果将《刘勰的风骨论》这篇论文放在日本"风骨"研究史中来看，它开创了就气同风的紧密关系深入展开论述的先河，其学术史上的价值仍是突出的。比如，兴膳宏曾在他的《文心雕龙》（1968）日译本《风骨》篇注释中谈到"将思考的结果表现在作品中，精气的充实是必要的"[1]，但他没有具体论及气的作用。相比之下，目加田诚则在很多文章中都谈到气在《文心雕龙》中的意义。如他在《六朝文艺论札记》也提到"风是情绪生动，是气之致所"[2]。他的《六朝文艺论中的"神""气"问题》一文，专门对六朝文艺理论中气的概念作了详细论述，分析了它的产生发展过程以及在各种文艺理论中起到的作用，其中便有气和《文心雕龙》的"风骨"关系的阐述。另外他在《文心雕龙》全译本之后"解说"的第七部分中，也谈到了气。其中有如下看法：气是刘勰思考的一个重要问题；气可以说是中国自古以来思想的根本问题；风骨的风换言之就是气，正是

1　［日］一海知义、兴膳宏：《世界古典文学全集25·陶渊明·文心雕龙》，东京：筑摩书房，1970年版，第357页。

2　［日］目加田诚：《六朝文艺论札记》，载《目加田诚著作集第四卷·中国文学论考》，第71页。

它使得文字生动活泼起来。[1]在目加田诚这篇文章之后，星川清孝写了《论风骨》（1974）一文，谈及"'气'是人的生活力、元气、志气"[2]；"'气'与'风''情'共同起作用"[3]等问题，显然也是受到了目加田诚的影响。

第二，"风"是表达思想感情的情趣和感染力。

目加田诚说：

> 风、气、韵，发于绘画，是生动活泼的，给予观众的感染力。[4]
>
> 风就是表达思想感情的情趣、感染力。一般说来，文艺是靠着情绪将思想感情诉诸人的。如果不是这样，作品就失去了生命，成为所谓的死了的作品。[5]

他认为风为虚，风乃情趣。文艺要有感动人的力量，才可以使读者更容易读懂其中的思想情志。风和气的用法相同，是气韵、风韵等内在的表现精神的那种不可捉摸的、灵动的、感染人的力量。

这种感染力说，与20世纪60年代我国学者的一些看法类似。曹冷泉《略谈黄季刚先生的〈文心雕龙札记〉及风骨问题》说："所谓风就是文学形象的感染作用。"[6]目加田诚在上文提到过这篇文章，或许受到曹说的影响。另外还有一些同时代学者的见解大致可与"感染力"说归为一类。如寇效信《论"风骨"——兼与廖仲安、刘国盈二同志商榷》（1963）、黄海

1　［日］目加田诚：《目加田诚著作集第五卷·文心雕龙》，第472—475页。

2　［日］星川清孝：《风骨考》，载《宇野哲人先生白寿祝贺纪念东洋学论丛》，1974年版，第1061页。

3　同上注。

4　［日］目加田诚：《刘勰的风骨论》，载《目加田诚著作集第四卷·中国文学论考》，第413页。

5　同上书，第414页。

6　曹冷泉：《略谈黄季刚先生的〈文心雕龙札记〉及风骨问题》，1962年6月3日《光明日报·文学遗产》，第417期。

章《论刘勰的文学主张》（1956）、赵仲邑《文心雕龙风骨篇试译》（1962）、郭晋稀《试谈"风骨"和"树骨"在〈文心雕龙〉中的重要意义》（1962）等，都表达过类似观点。[1] 在日本，星川清孝在《风骨考》（1974）中也曾持类似看法，认为风是情思的感动力之美的作用；风是包含在感情中美的感动力。但较目加田诚文，星川的文章发表晚了 8 年，目加田诚应当是日本最早提出风是文章感染力这一说法的学者。

（二）"骨"的解释

目加田诚认为骨即"骨骸"，"是条理整然，不可动一字之体的构成"[2]。是对言辞和事义的要求。他说：

> 骨在文艺上可以指文辞的构成，自然还同事义，即内容、思想相关。当然，内容、精神是由文辞的组成而得以表现的。这其中就有骨，即确凿的事义是由确切合适简练的言辞而构成。辞中有骨，是因为思想内容坚实，这两者绝不是没有关系的。[3]

"骨即文辞"说出于黄侃，目加田诚对此说没有强加批驳，只是认为此说表述不太确切。他说："虽然《文心雕龙》曰：'辞之待骨，如体之树骸'，但很难直接说辞就是骨……"黄氏之意可能是"骨关乎文辞，风关乎文意"[4]。文中"关乎"二字，就和一些文章认为黄侃将风等同于文意，将骨等同于文辞的看法有很大不同，它说明作者并没有简单地做论断，而是看到了黄侃"风意骨辞"说的某些合理之处。"骨即事义"说出现得较

1　可见陈耀南《〈文心〉"风骨"群说辩疑》一文中的归纳。

2　［日］目加田诚：《目加田诚著作集第五卷·文心雕龙》，第475页。

3　［日］目加田诚：《刘勰的风骨论》，载《目加田诚著作集第四卷·中国文学论考》，第414页。

4　同上，第408页。

晚。朱恕之在《文心雕龙研究》(1944)中指出："是知彦和所谓'骨'，就指的'情志'与'事义'，——也就是情感与思想。"[1]另有刘永济《文心雕龙校释》(1948)提出："'骨'者，树立结构之物，以喻文之事义也。事义者，情思待发，托之以见者也。就其所以建立篇章而表情思者言之为'骨'。"[2]廖仲安、刘国盈的《释风骨》(1962)继承了刘永济的观点，认为骨是事义，"指精确可信，丰富坚实的典故、事实，和合乎经义、端正得体的观点、思理在文章中的表现"。[3]这些说法都认为骨是内容方面的事。在以上诸篇中，目加田诚文中提到过的有廖仲安、刘国盈的《释风骨》，或许这两篇文章对他的风骨说形成有一些影响。

相比骨即文辞、骨即事义两说，目加田诚对骨的看法内涵更加宽泛，他取二者之长，认为骨与事义和文辞是有关系的，但不是绝对等同的。骨是文辞的结构，辞中有骨来源于相当充实的思想内容，文章的思想内容又等同于事义，所以文辞和事义也就都成为骨之含义的一部分了。刘勰文中的"结言端直"，目加田诚认为是指文章洗练紧凑，亦即"练于骨"，为了达到结言端直的要求，就必须使文章具有严峻的精神。要想使文章有骨，就要把确凿的事义用适切简练的言辞表达出来，有骨的标准在于有简练的文辞和确凿的事义。这里，他是将骨确立为对言辞和事义的要求标准，而并非单单指文辞和事义。

对于言辞，目加田诚说："不是所有的言辞都有骨，言辞中有骨，是指言辞端直，而言辞端直必须有确凿的思想内容。"[4]没有确凿的思想内容，就构不成言辞端直，就不能称之为有骨。对于事义，即思想内容，他认

1　转引自詹瑛：《文心雕龙的风格学》，北京：人民文学出版社，1982年版，第26页。

2　刘永济：《文心雕龙校释》，上海：中华书局上海编辑所，1962年版，第108页。

3　廖仲安、刘国盈：《释"风骨"》，载《文心雕龙研究论文选》下册（甫之、涂光社主编），济南：齐鲁书社，1988年版，第613页。原载《文学评论》1962年第1期。

4　［日］目加田诚：《刘勰的风骨论》，载《目加田诚著作集第四卷·中国文学论考》，第416页。

为："要有确凿的思想内容，就必须以圣经之旨，按刘勰的话说必须以自然之道为心。没有精神内容的美辞丽句毕竟是无骨之文。"[1]可见，目加田诚认为有骨的标准最后落在圣经之旨、自然之道这样的精神内容上，它们才是有无骨的关键。圣经之旨是儒家之道，要以儒家经典的高尚精神为骨，以学习儒家经典为文章有骨的途径，即"重视经典规范，文骨可成，峻骨生成，文风自清"。[2]目加田诚认为自然之道是依附于儒家之道前提下的次要条件，"刘勰的想法更深了一层，他认为若问自然之文在人的语言中得以最美表现的是什么，那毫无疑问，就是古代圣人写下的言辞"[3]。"最能表达自然之文的美的范例，可在圣经、古典中求得。"[4]所以，儒家经典就是遵循圣经之旨和自然之道写就的最完美的典范。

综上所述，目加田诚认为正是因为有了确立的骨格，气即风才会发挥其强烈的作用。有了文骨，才会有好的文风，气和风用法相同，骨与它们是相辅相成的，几个概念合为一体即成"风骨"一词。

（三）"格"与"风骨"相关

目加田诚在谈论风、骨的意义时，都会谈到"格"。目加田诚论格，亦是为了进一步谈气。他曾在《文心雕龙》全译本《风骨》篇"故魏文帝称文以气为主，气之清浊有体，不可力强而致"的注释中说道：

这里的"气"，大致可以看作是作家的气质、个性。作家有各自不同的个性，这成为了其作品的特色。再细而论之，"气"就是生命的象征。气或逸，或缓，或暴，或静。它是人的气质、个性。这当然

1　[日]目加田诚：《刘勰的风骨论》，载《目加田诚著作集第四卷·中国文学论考》，第416页。

2　同上，第420页。

3　同上，第415页。

4　同上注。

会在作品中表现出来，而成为作品的风格。[1]

这与他在《刘勰的风骨论》一文中所持观点一致，即作品的风格，是反映作者内在之气的，由于作家的气质和个性（气）各有不同，所以作品风格也具有个体差异性。他在相关文章中谈到风骨时都不可避免地提及格，但都没有明确地用格或风格之义来解释风骨，似乎只是谈气时捎带上的，但我们注意到他在《刘勰的风骨论》一文中说："每个人与生俱来之气是不同的。所以喜好也多种多样。如果放任自流的话，文章之道就会流失。重要的是正确的文之格，正确的为文格式。"[2]意思是说格不只是气的表现，正确的格还能约束气。可见目加田诚十分重视格的作用。那么怎样才能有正确的格呢？他认为："刘勰认为要树立正确的格式，就要学习经典。"[3]学习儒家经典，就可以有正确的为文格式，就可以有骨，而格是气之体现，如此通过论述格，便使得气与骨也有了间接的联系。但是目加田诚没有用明显的语句论述气同骨的关系，这里也不能强加论断。绵本诚在《关于"风骨"的一个研究——以刘勰的〈文心雕龙〉风骨篇为中心》（2000）中认为"风与骨不是各自发挥作用，骨是由构成风的气而生成的，风则被骨具体化（表现化）"[4]，就提出了气与骨相关的看法，也许受到了目加田诚的影响。

目加田诚论格之说较为随意，但我们还是能捕捉到他极为重视气在"风骨"含义中的重要地位这样一个信息。在目加田诚的文学意识中，气侧重于作者精神方面，是文章整体的风貌，而格侧重于对文章的约束，是

1　［日］目加田诚：《目加田诚著作集第五卷·文心雕龙》，第283页。

2　［日］目加田诚：《刘勰的风骨论》，载《目加田诚著作集第四卷·中国文学论考》，第420页。

3　同上注。

4　［日］绵本诚：《关于"风骨"的一个研究——以刘勰的〈文心雕龙〉风骨篇为中心》，载《国土馆短期大学纪要》2000年第25期，第48页。

由文章构成带来的格调。他认为人的个性受到体质、遗传、环境、教养的很多影响，所以文学当然也会包含某一时代的格调，如同人们讲唐诗格调、盛唐格调等等。可能目加田诚意识到了从格甚至从风格的角度去论述风骨意义，但惜于文中论述文字较少，未成系统。在我国，从风格的角度谈风骨的学者却早已有之。1917年，刘师培在北大《论文章有生死之别》的讲义中便曾说过，风骨与隐秀是一刚一柔两种不同的风格。罗根泽在《中国文学批评史》中说："'风骨'为文字以内的风格。"[1]20世纪60年代，亦有马茂元、吴调公、杨增华等人提出风骨即风格的说法[2]，但当时的论述还未成熟。真正"风格学"的建立，当以詹瑛的建树为多。他在1982年出版了《〈文心雕龙〉的风格学》一书，明确了风格学的概念，认为它是刘勰文学理论中的精华，"风骨属于风格的范畴"[3]，"《风骨》篇论述的是风格问题"[4]。早在1961年，他在《齐梁文艺批评中的风骨论》一文中，就已经有从风格角度论风骨的研究倾向了，这篇发表在《光明日报·文学遗产》上的文章不知目加田诚读到过没有，但可以确认的是，吴调公的《刘勰的风格论》（1961）目加田诚是知道的，他在《刘勰的风骨论》文中曾有提及。吴文认为将《体性》和《风骨》两篇结合起来研究刘勰的风格论是必要的，刘勰研究体性，恰是为追求风骨而谈风格，或许给了目加田诚一定程度上的启发。就目加田诚这篇《刘勰的风骨论》来看，文章并未触及风格学，但对格的解说，又意味着作者意识到了某些可以探讨的新领域。

　　目加田诚在《文心雕龙》全译本的注释中表达了对风骨的理解，他在《风骨》译注开首就解释了风骨一词，认为"骨是作品的骨骼，风是作品

1　罗根泽：《中国文学批评史》（一），上海：古典文学出版社，1957年版，第234页。

2　见陈耀南《〈文心〉"风骨"群说辩疑》，载《求索》1988年第3期，第96页。

3　詹锳：《〈文心雕龙〉的风格学》，北京：人民文学出版社，1982年版，第53页。

4　同上，第57页。

中的情趣，或给予读者的感动力”[1]，这延续了他在《刘勰的风骨论》文中的观点。该书末"解说"部分亦有关于风骨的言说，因其具有代表性，现摘录如下，可与前文的分析互为参看。"风是气发动的状态。风，是气致而成的情绪的生动。骨是骨格，是条理整然，不可动一字之体的构成。文章内容缺乏意气、表现繁缛、不紧密统一，就没有骨。文章缺乏情趣、寂寥无生气，就没有风。风，换言之就是气，正是它使文章生动活泼起来，而正是因为有了确立的骨格，气才会发挥其强烈的作用。"[2]

二、日本的"风骨"诸说——目加田诚"风骨"说的启发性

日本关于《文心雕龙》具体内容的研究很多，但对风骨问题的研究重视程度却明显不如中国。通过笔者查阅古川末喜编《日本有关中国古代文论研究的文献目录（1945—1982）》，以及日外アソシエーツ（笔者按：日外协会）出版的《中国文学研究文献要览1945—1977》、京都大学人文科学研究所编《东洋学文献类目》可以得知，在1945—2006年间，《文心雕龙》研究的120多部论文及专著中，仅有七篇专论风骨的单篇论文，另有一些散见于各部书籍中的风骨言说。小尾郊一是二战后较早论述风骨问题的，但他的风骨说没有脱离黄侃的影响。他的《风与骨》收录于1965年筑摩书房出版的《世界文学大系》72之《中国散文选》中，文章对风骨作了如下解说："'风'即文意，'骨'即文辞，是为了让风力充分发挥，要有足够简要的骨骼之意。"[3]说明他是持黄侃"风意骨辞"说的。据笔者目前掌握的材料来看，目加田诚是日本反对黄侃风骨说的第一人，他关于风是生命力的说法，影响到了兴膳宏、星川清孝、绵本诚等人。

1　［日］目加田诚：《目加田诚著作集第五卷·文心雕龙》，第279页。

2　同上，第475页。

3　转引自［日］大川忠三：《建安风骨考——关于建安文学论中的"风骨"概念》，载《大东文化大学汉学会志》1985年第24期，第43页。

首先来看一下散见于书中的日本的风骨诸说。兴膳宏在自己的《文心雕龙》日文全译本（1966）中，将《风骨》篇的篇名译为"文学的生命力"[1]，他对风骨注曰："也许可以说，'风'是在作品的思想、情绪方面向外迸发出的生命力；'骨'是构造、表现方面支撑作品的生命力。"[2]其生命力说受到目加田诚的影响。注释中还提到了黄侃的"风意骨辞"说；陆侃如、牟世金《文心雕龙选译》中的"教育感化和影响力"说；郭晋稀《文心雕龙译注十八篇》中的"激情题材"说；廖仲安、刘国盈《释"风骨"》中的"情志事义"说，并认为廖、刘文从风关乎精神方面，骨关乎肉体方面来谈的看法，是值得充分关注的。户田浩晓在自己的《文心雕龙·下》日文全译本（1977）中认为："'风'是成为创作主题的感情、思想、情绪等，'骨'是将它们纳入文章而形成的文字、章句及全体的构成。"[3]但限于译注的形式，兴膳宏和户田浩晓均未在书中详细论述风骨含义。

其次，我们再来看一下专论"风骨"的论文。目加田诚除了上述《刘勰的风骨论》一文，还写有一篇《关于风骨》（1965），因两者主要论点一致，故此处省略不述。这里谈谈其他人的几篇论文。

小守郁子在《文心雕龙中的"风骨"论》（1972）一文中，驳斥了廖仲安、刘国盈《释"风骨"》的一些看法。如廖、刘文认为"'风''骨'这两个概念既有其一般意义，又有其特殊意义，当指一般的神情、骨相的时候，它只是一个普通名词，可以说每个人都有风骨"。小守认为风骨是个价值概念，不具有一般的神情、骨相之意，廖、刘文之误在于将气、神作为风的共通概念。她认为风有多义性，它成为评论术语是有一个过程的，《汉书》中风和风采都没有特指的价值概念，至《后汉书》

1　［日］一海知义、兴膳宏：《世界古典文学全集25·陶渊明·文心雕龙》，东京：筑摩书房，1968年版，第355页。

2　同上，第357页。

3　［日］户田浩晓：《新译汉文大系65·文心雕龙》下册，东京：明治书院，1997年版，第417页。

"风裁""风轨"，始有儒家道德教化之义，魏晋时风又脱离了儒家道德观点，对此她举了《世说新语·容止篇》之例说明："嵇康身长七尺八寸，风姿特秀"，认为此处"'风'的价值在于自律的个性其自体发挥的魅力，具有从观念形态的制约中脱离出来而独立的人类性之美"。[1]她认为风骨之风，是"作品表现上意气发挥之物……是峻爽、清的情、志、意、气"[2]。由此文章提出了风就是"抒情的率真性"[3]的论点，并对廖、刘文从儒家风化、风教论风的观点提出了批驳。文章还讨论了人物品评和画论中出现的骨之含义，认为《文心雕龙》的骨既有人物品评中风骨之骨，即与"骨气""骨鲠"相通的，个性的、精神上的刚直之意，又有画论中"骨法"，即以精神性为体的基本形体之意。最后将骨定义为"叙事的达理性"[4]。小守从儒家风教的理论不是风的固有之意来谈风，对人物品评和画论中出现的骨作了深入的分析，但若论刘勰之风骨含义，为何不从《文心雕龙》一书中寻求解答，而从旁取证？这样得出的结论似乎还有商榷的余地。

　　星川清孝在《风骨考》（1974）一文中，针对他所了解到的一些中国学者的风骨论一一作了驳斥。李树尔《论风骨》将《风骨》篇"情之含风，犹形之包气"解释为"情是风之内含"，星川认为是错误的，他将其解释为"风是情之内含"[5]。另外对李文风骨是风格之说也不予赞同。对王津达在《试谈刘勰的论风骨》中所持风是浪漫主义精神，骨是现实主义精神的说法，星川认为与李文一样，缺乏对语义解释的研究。此外还有杨增华《从"养气"说到"风骨"》，星川认为杨文将风骨视为不可分的概念是错误的，风与骨应当分别研究。另外他还不同意"骨即事义"说，以潘辰

1　［日］小守郁子：《文心雕龙中的"风骨"论》，载《名古屋大学文学部研究论集》，1972年第57期（哲学19），第8页。

2　同上，第12页。

3　同上，第16页。

4　同上，第18页。

5　［日］星川清孝：《风骨考》，第1051页。

的《关于〈文心雕龙·风骨篇〉的"骨"字》和刘永济的《文心雕龙校释》为驳斥对象。星川清孝对风骨的看法与目加田诚类似，认为"'风'是情思的感动力的美的作用，'骨'是表现样式、文章的骨骼"[1]。他还发表过《关于风骨》（1977）一文，其内容与该篇论文大致相同，此处省略不述。

大川忠三在《建安风骨考——关于建安文学论中"风骨"的概念》（1985）中说，《文心雕龙》中的风"从作品内容方面来讲，是气、情、意，即文章的思想感情；骨从形式方面来讲是辞、采、藻，即文章的修辞"[2]。但对此未开展深入研究。相比之下，寇孝信《论"风骨"——兼与廖仲安、刘国盈二同志商榷》文中，将风、意、情、志、理和骨、辞、事、义、采分为两组进行研究，论证要详细许多。此外，大川还认为风骨是"在作品创作上集中的表现力（风）和集中的精神力（骨）"[3]。他的这一见解类似于詹瑛《〈文心雕龙〉的风格学》书中风是"气力"[4]，骨是"骨力"[5]的说法。

绵本诚《关于"风骨"的一个研究——以刘勰的〈文心雕龙〉风骨篇为中心》（2000）认为，"'风'是成为作品创作动机的创造力，和以创造力为基础的思想、内容；'骨'是在精心修饰内容时，表现上的构成"[6]，"气是由风到骨之间的联系"[7]。文中承袭了目加田诚的许多观点。如孟子"浩然之气"所表现的道义和刘勰的自然之道是有区别的；气因人而异，各自发挥作用，形成种种风格，亦即个人的文风；刘勰一方面有虚静而保气的老庄思想，一方面又重视儒家经典；一旦峻骨生成，则文风自清；风乃情趣，为虚，骨关乎事义，为实；气是生命力……这些目加田诚《刘勰

1　［日］星川清孝：《风骨考》，第1057页。

2　［日］大川忠三：《建安风骨考——关于建安文学论中的"风骨"概念》，第45页。

3　同上注。

4　詹锳：《〈文心雕龙〉的风格学》，北京：人民文学出版社，1982年版，第61页。

5　同上注。

6　［日］绵本诚：《关于"风骨"的一个研究——以刘勰的〈文心雕龙〉风骨篇为中心》，第51页。

7　同上注。

的风骨论》文中表达的观点，皆可在绵本诚的这篇文章中找到。最后文章由宋学（理气学）引出了"理"与气相关，提出是否可以从"理"的角度谈气，风对应气，骨对应"理"的疑问，但并未展开论述。笔者认为，风骨的含义愈说愈多，还是应该回到《文心雕龙》上来探究其意。用书中没有的其他词汇含义论证书中的含义，或者用后世的演变之意来解释前代之词，这种方法有待商榷。

以上就笔者目前了解到的资料，略述了日本关于风骨问题的论文情况，之所以将它们的成文年代和大致内容一一列出，是为了比较说明目加田诚《刘勰的风骨论》在日本"风骨"研究史中的重要地位和它的独到之处，大致可以从以下三方面来谈。

一是其具有的学术前瞻性。在日本，目加田诚的一些论点，如风是表达思想感情的情趣和感染力、气和风有密切关系等，都是最早提出的。目加田诚的这篇论文，是日本学界对 20 世纪五六十年代中国学者风骨大论争做出反应的第一篇专论，也是 60 年代的唯一一篇，70 年代，才有小守郁子、星川清孝撰文关注那场争论。在当时的日本它颇显孤独，中国学者熟知这篇论文，也是迟至 80 年代了。

二是其具有的学术影响性。通过上述论述可以得知，目加田诚在《刘勰的风骨论》中的许多看法，其影响直接或间接地表现在了后来学者的论述中。这篇论文后来还被译成中文，其中的一些见解常被人引用点评。如上述张少康等先生著的《文心雕龙研究史》，便在整个日本《文心雕龙》研究史的述说框架中，将该篇论文放入目加田诚"龙学"研究中进行评述。陈耀南先生的《〈文心〉"风骨"群说辩疑》归纳的五十多种说法中，目加田诚的"风骨"说是唯一被收录的来自外国学者的见解。还有一些论文书籍中散见的引用，如汪涌豪先生《风骨的意味》一书中提及目加田诚《刘勰的风骨论》中论气的说法[1]等等。这都说明了其说在中国的影响和国

1　汪涌豪：《风骨的意味》，南昌：百花洲文艺出版社，2001年版，第214页。

内学者对它的重视。

三是其具有的学术启发性。这一点见仁见智，就笔者个人而言，在如下一例便深受启发。他在文中论述风之释义时，虽未从"内""外"角度来谈气和风的关系，但我们却可以从其语言叙述中领悟此分析角度，这段论述对我们另立逻辑分析系统来解决"风骨"一向难解的含义，是很有裨益和启发的。对于六朝文学理论中经常出现的气韵、风韵、风情、风采、风仪、风格、风气等词汇，这里试拟出表格说明气与它们之间的内外相互关系。

内在要素（内）	表现方式	表现结果（外）
气	自然流露	气韵、风韵
气	动	风
风情（性情的反映）	在容仪上显露出来	风采、风仪
内心世界	在姿态举止上表现出来	人的品格
内在的气性	气性发动，生成某种状态	风格

如果从"内""外"这些形而上的层面考虑梳理这些术语，不只是单纯从与气的关系角度论述风之释义，是否能给"风骨"一个合理的解释呢？童庆炳先生在《〈文心雕龙〉"风清骨峻"说》一文中，就将气与风骨的关系发展到"形成原因"与"外在的形相"这一层论述[1]，讲来很有道理。

最后谈谈笔者对"风骨"的认识。笔者认为，风是气之外在表现，气是风的内含之物。但骨的意义是否与气直接相关，还是一个疑问。刘勰谈风骨有时分开来谈，有时又将其视为一个概念，如"若风骨乏采，则鸷集翰林；采乏风骨，则雉窜文囿。"[2] 这里风骨和采相对而谈，二者都是成就美文的条件。同时代的钟嵘《诗品》评价曹植的诗歌："骨气奇高，词采

---

1 童庆炳：《〈文心雕龙〉"风清骨峻"说》，载《文艺研究》1999年第6期，第31—41页。
2 （南朝梁）刘勰著，范文澜注：《文心雕龙注》下，第514页。

华茂"[1]，评刘祯说："真骨凌霜，高风跨俗。但气过其文，雕润恨少。"[2]这里风和骨是分开讲的，说明风骨一词是可以分合并谈的。那么，风骨合在一起讲就指一种生动有力的风格。分开来讲的话，风是气的表现，风韵、风格等均是内在气或精神世界的外部表现。骨则包含三重含义，第一，指儒家经典之道。儒家经典之道固然是骨的反映，但骨的含义却远远大过它。《风骨》篇言："洞晓情变，曲昭文体，然后能孚甲新意，雕画奇辞。昭体故意新而不乱，晓变故辞奇而不黩。"[3]这说明刘勰不排斥具有新奇意义的文艺，前提是洞晓情感的变化，明确文体的设立，这样就可以"意新而不乱"[4]。刘勰说："若夫镕铸经典之范，翔集子史之术"[5]，又在《通变》篇说："先博览以精阅"[6]，说明他所认为学习古代经典的范围是宽泛的。刘勰提出学习儒家经典，是对南朝文章迤逦之风的反拨，期待质朴刚健文风的回归，而并非一味遵从儒家经典。第二，指文章的结构。《风骨》篇曰："沉吟铺辞，莫先于骨。故辞之待骨，如体之树骸。"[7]是说文辞就是文章的构架，没有树干就没有大树，没有文辞，就没有文章之骨，骨与文辞关系密切，但又不仅仅指文辞，所以刘勰说："若瘠义肥辞，繁杂失统，则无骨之征也"[8]，文辞太过便无骨，文当以义为主，以辞采为辅，文辞和事义统一平衡才有美文。第三，指文章的规范。《风骨》篇说："结言端直，则文骨成焉"[9]，就是讲文章语言要直、正。有骨的规范可以从儒家典籍，也可以从天地之道而来。所谓道法自然，它统领万事万物的本源"气"，是所

1　吕德申：《钟嵘〈诗品〉校释》，北京：北京大学出版社，2000年版，第32页。

2　同上，第35页。

3　（南朝梁）刘勰著，范文澜注：《文心雕龙注》下，第514页。

4　同上注。

5　同上注。

6　同上，第521页。

7　同上，第513页。

8　同上注。

9　同上注。

有行为举止发生发展变化的规律。天地之道在乎人事物事，是自然万物的生成规律，文章也有文章之道，比如文体就是它的一种体现。古人写文章总结了写作的规律，制定了不同的为文的规范，有规范可循便容易写成好文章。

第四节　六朝文学中的自然

目加田诚接受了中国传统的气论思想，在人与自然的关系上便主张尊重自然，强调心与物的融合。他说："凭借我们活着的肉体的生理性，我们可以感知活生生的宇宙，凭借我们肉体的呼吸，我们可以感到宇宙之气与我们的直接联系。我们所有的生命是一个大的生命体。"[1]这是典型的中国传统哲学思想。中国传统文学在气论思想基础之上创立出了不同于西方世界的独特的自然观，即认为全宇宙是一个有生有灭，阴阳交替的有机整体。人生活在由气构成的动态的融合的统一体中，人的身心与自然和社会不可分裂。六朝时代，人们在山水之间吟诗作赋，自然成为了文学大量歌咏的对象，刘勰和钟嵘也在他们的文学理论中将表现自然之道作为文学创作的根本。目加田诚崇尚文学的自然之美，但这种自然不是不加雕琢的原始状态，而是经过人们技巧训练后的升华，情感真实流露的自然。他认为文章之美，在于文章和自然之间的联系，善于表现自然之道的文章就是美文。他反对过分地追求语言和形式之美，但认可语言的声音之美，认为语言也是自然之道的表现。刘勰最恶不自然之文，同时又注重声律等技巧，目加田诚在《文心雕龙》之中找到了这样的同属感，又在钟嵘的直寻说中

1　［日］目加田诚：《六朝文艺论札记》，载《目加田诚著作集第四卷·中国文学论考》，第69页。

找到了共鸣。

目加田诚关于自然与技巧的观点，不同于老庄的任自然哲学，也与儒家如阳明学的"工夫论"相异。六朝的自然观，在经历玄学以佛老思想论说儒家之道的风习浸染下，带有明显的谈经论道的特点。阳明学的工夫论，正如陈来先生指出的，是"对佛教的境界与工夫的肯定必须以儒家的基本原则为基础，是在'有'的基础之上，在使'无'成为'有'的一个自然结果的方式下，来吸纳'无'的工夫和境界。"[1]王阳明认为人的本然之心与天地万物为一体，然而私欲能将人与自然隔离，所以要靠"克己"排除私欲。如此，阳明学的自然观是建立在儒家有我之境上的。玄学和阳明学一样，都是基于儒家立场对佛道思想进行吸收的，其自然观的言说都具有论道性。我们知道，刘勰和钟嵘的文学理念最重要的就是强调文学的自然性，这是对当时谈经论道的贵黄老之文学的反拨。目加田诚的自然美学理念仅就文学表现一事来论，并未上升至哲学的层面，故而他会对刘勰和钟嵘的自然观产生强烈的兴趣。他对自然与技巧的关系分析也是从文学角度来谈的。在他看来，自然是创作的灵魂，而技巧的使用应以不失真实为原则，真的文学就是顺应自然之道并施以技巧的文学。他认为打动人心的力量不是来自周到详尽的语言陈列，而是要靠内心和自然的接近才能拥有。我们看他的随笔文章，有着朴素而雅致的自然风格，遣词造句从不乖张迤逦，对事物的描写着墨不多却字字珠玑，读罢时时令人掩卷感怀，这与他对文学上的自然和技巧的理解是一致的。

一、刘勰的自然观——自然为体，技巧为用

目加田诚评价刘勰说："伴随着魏晋以来尤其是在思想界成为主流的

1　陈来：《有无之境：王阳明哲学的精神》，北京：生活・读书・新知三联书店，2009年版，第335页。

《易》的思想发展，刘勰向我们展示了文章本来的康庄大道，他进一步深刻思考文之美，将文上升到与自然的关系这一大的问题高度上来。"[1] 他认可刘勰的自然观，认为它是在尊重自然的基础上对文学创作施以技巧的自然观。

（一）刘勰将声律视为自然的产物

永明声律论重视汉字平上去入的四声分辨，将音调按一定规则排列起来，它的提出符合汉语语音的特点，使诗歌产生了抑扬顿挫之美，对于以后的诗文创作，特别是平仄的律体形成有很大的影响。对于声律论，刘勰持赞同态度，他在《文心雕龙·附会》中说："夫才量学文，宜正体制，必以情志为神明，事义为骨髓，辞采为肌肤，宫商为声气"[2]，这样就将宫商声调提高到与情志、事义、辞采相同的地位。

那么目加田诚如何看待语言（辞采和声调）与文学作品之间的关系呢？他这样说道：

> 美丽的辞采，必须以情感为基础。宫商即声调之美也要以自然为重……任何的神思都是人的语言表现，而且人的音声中，有着自然的抑扬顿挫之美，这是汉语的特色。音乐的宫商是由人的声音而来，人的语言正是美妙之物。整理人的语言声律，使文章具备音调之美，仍是在发挥着自然之美。[3]

可见目加田诚认可声律之美。他对刘勰接纳沈约一派声律论的态度予

1　[日]目加田诚：《六朝文艺论札记》，载《目加田诚著作集第四卷·中国文学论考》，第64页。

2　（南朝梁）刘勰著，范文澜注：《文心雕龙注》下，第650页。

3　[日]目加田诚：《六朝文艺论札记》，载《目加田诚著作集第四卷·中国文学论考》，第67页。

以了肯定，他说："沈约一派主张的将声律整齐地表现在文章中，对于刘
勰而言，这也是生成自然之美之道"[1]，"刘勰绝不是舍弃雕饰。文章的对偶
和声律都是自然而成的，是循着自然之道而生成美。"[2]后人认为刘勰自重
其文，为了取定于沈约，故写了《声律》篇迎合沈约。目加田诚反对这样
的看法，虽然他也认为刘勰支持声律论与受沈约提携有关，但他强调"刘
勰是从自然出发的角度，在不伤害内容精神的真实基础上，认同沈约之说
的"[3]。

　　实际上，刘勰与沈约两人的观点并不尽相同。刘勰的文学理念相比沈
约更为开阔，对于声律的认识，他和沈约的区别在于，一个是道法自然，
一个是技巧人工。沈约将技巧作为写作的根本，人工大过天然。所谓：
"欲使宫羽相变，低昂舛节，若前有浮声，则后须切响。一简之内，音韵
尽殊；两句之中，轻重悉异。妙达此旨，始可言文。"[4]（《宋书·谢灵运传
论》）沈约是将文学创作的基础置于声音的规律和谐上，刘勰则将"道"
放在了文学创作的基础上，认为所有事物都是自然之道的表现，语言是
人的属性，带有自然之灵性，当然要符合自然之美的规律。比如，《文心
雕龙·声律》曰："双声隔字而每舛，叠韵杂句而比睽"[5]，"声不失序。音
以律文，其可忽哉"[6]，这是在肯定双声、叠韵和以音律制韵。但刘勰又言：
"夫吃文为患，生于好诡，逐新趋异。"[7]意思是说"吃文"的毛病是由不自

1　［日］目加田诚：《六朝文艺论札记》，载《目加田诚著作集第四卷·中国文学论考》，
　　第67页。
2　［日］目加田诚：《目加田诚著作集第五卷·文心雕龙》，第471页。
3　［日］目加田诚：《六朝文艺论札记》，载《目加田诚著作集第四卷·中国文学论考》，
　　第71页。
4　郁沅、张明高编选：《魏晋南北朝文论选》，北京：人民文学出版社，1999年版，第
　　297页。
5　（南朝梁）刘勰著，范文澜注：《文心雕龙注》下，第554页。
6　同上注。
7　同上，第553页。

然导致的，这说明刘勰认为即便有声律之规定，也要沿自然之美的规律选词造句。《声律》篇曰："是以声画妍蚩，寄在吟咏，吟咏滋味，流于字句，气力穷于和韵"[1]，意思是说，在吟咏文字之间分辨声律的和谐与否，字句音节要自然和谐，文章的滋味风韵和神气才得以体现。异音相从谓之"和"，对于"和"的解释，范文澜《文心雕龙注》认为是"指句内双声叠韵及平仄之和调"[2]。罗根泽《中国文学批评史》说："'和'是自然的，并没有一定的规律……刘勰的音律说，是一种自然的音律说，和沈约等认为的音律说，并不全同。"[3]刘勰并没有在声律的四声方面过于拘泥，他比沈约高明之处就在于，不是从声音的制韵之病着手，而是放眼于声律的抑扬求和，去细则而定原理，这显示了其文学理论家的高明之处。刘勰上升到道的高度来谈宫商，道法自然，宇宙所有的一切都遵循道的规律，声音发于人，人又禀气而生，是天地之受造物，所以声律也当和于自然，怪异绮靡的声音则令声律失去了和谐的美感，从而与道产生了违和感，是不可取的。刘勰采纳沈约的声律说，是因为他认为声律论的诸多技巧虽然是对语言的约束，但整齐的声律和音调的确能给人们带来愉悦。另外，"气以实志，志以定言，吐纳英华，莫非情性"[4]（《文心雕龙·体性》），人的思想感情靠文章气势得以充实，文章的语言靠思想感情得以决定，吐露美辞丽句的文章，都是人的思想感情的体现。总之，刘勰并不像沈约那样过分关注四声的形式，而是认为文章形式和情感内容同样都是成就美文的关键，并以自然之道律之。

　　声律并非因是技巧而遭到尊重自然的刘勰排斥。目加田诚本身也受到刘勰观点的影响，认可在不违背自然基础之上的技巧，他认为好的文章不仅要有美的语言形式，还要有自然之美的内涵，并以后者为重。

1　（南朝梁）刘勰著，范文澜注：《文心雕龙注》下，第553页。

2　同上，第559页。

3　罗根泽：《中国文学批评史》（一），上海：古典文学出版社，1957年版，第233页。

4　（南朝梁）刘勰著，范文澜注：《文心雕龙注》下，第506页。

（二）《文心雕龙·原道》篇的"道"是《易》之道

目加田诚认为"刘勰的文学思想有《系辞传》的影响。他的文基于道（《原道》篇），绝不是后世的载道主义所说的儒家的实践道德"。他分析《文心雕龙·原道》篇说：

> 《原道》篇的思想完全出于《易》，特别是《系辞传》。众所周知，魏晋以来的思想家有以老庄思想论说儒教经典的倾向。在当时的经典中，特别受到人们重视的是成为哲学性思索对象的《易》。学者们用《易》来解释宇宙本体。这里的道绝对不是实践道德之道，而是关于宇宙本体，太极生阴阳两仪，二气流通产生宇宙诸相之道。一阴一阳，生生发展，称之为道，要表现此道，便从中产生了美，产生了文。文表现于美之相中，文基于道，与道共生共存。[1]

《原道》篇之"道"的含义，有如风骨论，在我国学术界可谓诸说纷纭，言人人殊。主要的学说有六种。第一，自然之道。如黄侃说："案彦和之意，以为文章本由自然生"[2]，"所谓道者，如此而已"[3]；杨明照认为《原道》篇"盖道之文也"的道，"即自然二字的意思"[4]。第二，儒家之道。如周振甫说："刘勰的所谓道，以儒家思想为主"[5]；陈耀南说："刘勰在此书所原的道，以天道自然为裹包，主干仍然是人文化成的周孔之道"[6]；子贤

1　［日］目加田诚：《六朝文艺论札记》，载《目加田诚著作集第四卷·中国文学论考》，第65页。

2　黄侃：《文心雕龙札记》，上海：华东师范大学出版社，1996年版，第3页。

3　同上注。

4　杨明照：《从文心雕龙〈原道〉〈序志〉两篇看刘勰的思想》，载段渝编：《杨明照论文心雕龙》，上海：上海科学技术文献出版社，2008年版，第59页。

5　（南朝梁）刘勰著，周振甫注：《文心雕龙注释》，北京：人民文学出版社，1981年版，第27页。

6　陈耀南：《原"原道"》，载《社会科学战线》1980年第2期，第275页。

说："刘勰所称道的'道'就是儒家的'道'，就是孔子的'道'。"[1]第三，道家之道。如张启成说："刘勰所说的'道之文也''自然之道也''盖自然耳'及'莫非自然'，都是指道家的天地自然之道。"[2]第四，佛儒合一之道。如马宏山说："《文心雕龙》之'道'的内涵是'以佛统儒，佛儒合一'。"[3]第五，《易》道。如周汝昌说："刘勰所谓道，就是《易》道，更确切些说，就是魏晋以来，以王弼为代表的融会老、易而为一的易道。"[4]第六，自然规律。如陆侃如说："道之文就是符合与客观事物的原则或规律的文。"[5]除此以外，还有儒玄、儒释道、易道融合等诸多说法。《原道》篇中"道"共出现了七次，学者们对每一处的道都有多种解释，《原道》的道之所以会有这么多的解读，是因为刘勰思想本身有儒、释、道、玄思想糅合的部分，学者们的研究也各有侧重。

中国学者对《原道》之道的研究是力争探究词意，对它的分析也是多方位的，如有从心物二元论的唯物或唯心角度来谈的[6]，也有从客观存在本体来谈的。[7]相比之下，目加田诚对《原道》之道含义的分析显得不是那么"哲学"化。他更多的是从美学角度来看待《原道》篇。他没有对《原道》篇包含的儒家思想之道的含义作过多的评述，而是更多地在文章的自然之美的表现这点上与刘勰产生了共鸣。这与他对文学本质的看法相关。相比文以载道的思想，他更倾向于文学是"述情"的这一观点，认为文学

1　子贤：《关于〈文心雕龙〉的"道"的讨论来稿摘要·辩〈文心雕龙〉的"道"》，载《文史哲》1962年第6期，第65页。

2　张启成：《〈文心雕龙〉中的道家思想》，载《贵州社会科学》1981年第4期，第89页。

3　马宏山：《〈文心雕龙〉之"道"辩——兼论刘勰的哲学思想》，载《哲学研究》1979年第7期，第74页。

4　周汝昌：《〈文心雕龙·原道〉篇的几个问题》，载甫之、涂光社编：《〈文心雕龙〉研究文选（1949—1982）》，济南：齐鲁书社，1988年版，第322页。

5　陆侃如：《〈文心雕龙〉论"道"》，载《文史哲》1961年第3期，第59页。

6　同上，第58—62页。

7　如谢祥皓：《关于〈文心雕龙〉的"道"的讨论来稿摘要·正确评价刘勰的文学观和世界观》，载《文史哲》1962年第6期，第66—67页。

就是思想感情的体现，文学的根本不在于表现技巧的高超和文学形式的繁多，复杂的艺术形式未必能表达出最真实的感受。这些看法体现出他对文章情感自然体现的重视。儒家之道反映圣人教诲，重视人工，难免有说教之嫌，他在情感上还是倾向于老子的"道法自然"之说。我们在许多日本学者对《原道》篇的分析中也可以见到同目加田诚一样的论述倾向，即以"美"来论述道与文的关系。如斯波六郎认为："彦和的'道'的概念继承了老、庄'一道万理'的思想，特别是在论证'文'——夸大些说就是'美'——与'道'之间的关系方面，彦和可以说是古来第一人。"[1]兴膳宏说：《文心雕龙》全书的基调是'文章的生命在于美'，刘勰为了使所谓包含天地自然一切美在内的自己的美学得以成立，才引用了《易》中文句以兹佐证。"[2]户田浩晓说："'道'论述的是，天地自然的根本理法以美为其本质，文学作为人类文化活动的一环，本质上是'原''道'的美的语言表现。"[3]日本学者不予"道"在哲学层面的意义进行过多论述，而是关注道作用于文上的美学意义，这与中国学者抽象思辨的分析有不同的侧重。以这样的视角来论述《原道》整篇的论旨自然可行，但却模糊了《原道》所言"道"的具体含义。

笔者认为，《原道》篇中的道实际包含两重含义，一是道家之道，二是儒家之道，但仍以儒家之道为重。《原道》篇开篇谈论天地万物都以道为源，是受到老子"道法自然"的影响，接着又谈"人文之元，肇自太极"[4]，指出《易》是人文之源，道与文两者的关系是"道沿圣以垂文"[5]，道

1　［日］斯波六郎：《文心雕龙札记》，载《日本研究〈文心雕龙〉论文集》（王元化选编），第42页。

2　［日］兴膳宏：《〈文心雕龙〉的自然观——溯本探源》，载《兴膳宏〈文心雕龙〉论文集》，彭恩华编译，济南：齐鲁书社，1984年版，第192页。

3　［日］户田浩晓：《新译汉文大系·文心雕龙》上册，第15页。

4　（南朝梁）刘勰著，范文澜注：《文心雕龙注》上，第2页。

5　同上，第3页。

通过圣人之文得以表现，是文的最初根源。刘勰对圣人之文是推崇备至的，他说"文能宗经，体有六艺"[1]，文章如果像圣人经典那样，就有六艺的优点，然而远弃经典，就会"流弊不还"[2]，若要传播儒家之道，就要有表现儒家之道的文章。在刘勰看来，周公孔子等圣人的文章，是后世为文的典范，这是因为它们是出自情感的真实体现，同时也是富于文采经过雕饰之人文。文学的雕饰本于自然之道。如此，刘勰在《原道》篇是将道家之道和儒家之道融合在一起谈的。

　　目加田诚将《易·系辞传》视为《原道》篇的基础，在他看来，魏晋以来的思想家有以老庄思想论说儒教经典的倾向，刘勰是受玄学家们的这种影响而将《易》的理解纳入《原道》篇中来的。但笔者认为，刘勰既然引用了《易》，就绝不会从脱离儒家思想的角度来看待这部儒家经典。《易》中的"太极生两仪"说，是宇宙发生的根源论，带有抽象的哲学色彩。在魏晋时代，玄学用《易》来阐明其学说，《易》和《老子》《庄子》成了玄学三玄。然而魏晋玄学虽然用老庄思想解释经典名教，用儒道兼综之术来论证名教与自然的统一，但他们对自然的理解与道家是根本不同的。自然的最初含义，是指不加人工雕琢的本来面目，老子以自然强调政治和处事上的无为之治，认为对人的所有行为都不应强加干涉。玄学却欲立名教，目的明确，论说积极，与道家的无为恬淡，不可知论是相对的。玄学家们用道家思想解释儒家经典，认为儒家的道德秩序是合乎天道和自然规律的，是出于维护封建道统的目的，这与道家自然观的建立有着不同的根基。他们根本倡导的还是以自然为本的名教之用，其根底思想仍在于儒家之道。

　　明确了这一点，我们便不难理解为何刘勰《原道》篇谈"自然之道"，固然受到当时流行的道家和玄学以道说理的影响，但其根本思想还是基于

1　（南朝梁）刘勰著，范文澜注：《文心雕龙注》上，第23页。

2　同上注。

儒家之上的了。《原道》篇赞曰："道心惟微，神理设教。光采玄圣，炳耀仁孝。"[1]儒家之道以仁孝为根本，刘勰在该篇最后归纳要以神道设教，就是在强调以儒家之道为教化民众的根本之意。《原道》篇曰："故知道沿圣以垂文，圣因文以明道"[2]，又云："《易》曰：鼓天下之动者存乎辞。辞之所以能鼓天下者，乃道之文也。"[3]这些都是在讲圣人之道是通过文来得以传播的，文辞之所以能感动人，是因为它具备圣人之道。文辞和圣人之道的关系是如此密切，所以刘勰继《原道》之后，又设《征圣》《宗经》两篇。《原道》篇曰："人文之元，肇自太极，幽赞神明，易象惟先。庖牺画其始，仲尼翼其终。而乾坤两位，独制文言。言之文也，天地之心哉。"[4]意思是说，人文之始，原乎天地之始，志气言语发乎人，是人之文，圣人作的文章，有语言的文饰，是表现天地之心，也是属于自然的。刘勰认为圣人能尽为文之妙，语言文学是人的专属，是自然之道，但这种自然是人工雕琢后的自然，带有自然属性而非自然本身。通览《文心雕龙》，整部书讲的还是如何学习圣典之意。刘勰开篇谈论写文章的目的，在于儒家的文质思想，但在文章的表现手法上，又接受了老庄思想，前者为体，后者为用。即文章的情感要学习道家自然之道，出于真诚不造作，这样才有打动人心的力量，而文章精神内涵要以儒家圣人之道为骨，才能如圣人之作一样流传百代。

二、钟嵘的自然观——彻底的自然观

目加田诚对钟嵘给予了很高的评价。认为"他是六朝文艺论的第一人，

1　（南朝梁）刘勰著，范文澜注：《文心雕龙注》上，第3页。

2　同上注。

3　同上注。

4　同上，第2页。

对文与自然的关系，他也做了更深一层的敏锐思考"[1]，"钟嵘与沈约、刘勰的理论不同，有更加透彻的、严格的艺术世界的意识"[2]。目加田诚将钟嵘的自然观提升至刘勰之前的地位，是因为钟嵘有着更为彻底的自然观。

目加田诚高度评价钟嵘的直寻理论，称其"是非常独特的、耀眼的"[3]。这种评价和理解与他接受的中国五四运动以来新文学的影响不无关系。我们知道，新文学强调人本意识，倡导文学是人思想感情的产物，反对古代儒家的文以载道思想，在一定程度上，与直寻所表达的以自然待物的纯艺术理念相合。1916年胡适在给陈独秀的信中说到了"文学革命"，即以新的"八事"的主张反对铺陈仿古的旧文学。"八事"的第一条便是"不用典"，这是钟嵘很早就提出过的。另外，强调文学言情，不认同儒家的教化和载道思想，也是日本江户时代伊藤仁斋、荻生徂徕以来一直倡导的文学主张。目加田诚的文学思想也与这些反对文以载道的理念一脉相承。目加田诚在中国传统的文学研究中，对纯艺术的理念往往表现出赞美之情，而对于那些崇礼抑情的政治教化之文则十分厌恶。他最不喜重理尊儒、用典铺陈之作，因为在他看来那些都不是尚自然之文，所以他会对钟嵘直寻说大加赞扬。

（一）"直寻"理念表现彻底的自然观

与刘勰相对，钟嵘是明确反对声律论的。虽然目加田诚认可刘勰对声律论的看法，但他并没有否定钟嵘对待声律论的态度，他指出，两人同样都重视文学创作中的自然，只不过有不同的侧重，刘勰是在符合"自然之道"的基础上接受声律说的，钟嵘反对声律说是因为觉得它们从根本上就

1　［日］目加田诚：《六朝文艺论札记》，载《目加田诚著作集第四卷·中国文学论考》，
　　第71页。

2　同上注。

3　同上，第72页。

不自然。他说："在文的声调方面，钟嵘比刘勰更崇尚自然。刘勰主张要按自然整理声调，钟嵘则不认可对声律进行制约，任凭声调自然而发。"[1]这种评价是公允的。罗根泽就指出："自钟嵘看来，用事用典，宫商声病，繁密巧似，都违反然"[2]，"可见他所标榜的准的——即根本观念——是自然"[3]。钟嵘提倡的是老庄玄学的自然之说，他以"直寻"的自然之理追求文学之本，所以在钟嵘看来，声律论显然是违背自然之道的。钟嵘在《诗品》中将"一代辞宗"沈约的诗歌列为中品，评价曰"虽文不至，其功丽，亦一时之选也"[4]，这也和他"文多拘忌，伤其真美"[5]的看法同出一辙。在刘勰那里，自然是重视技巧的自然，经典是圣人制作的天道之文，是文章典范，而钟嵘排斥用典，主张直接表现事物，只要作者保有朴素澄净的内心，调理通畅体内之气，就可以碰触到事物之真从而达成真正的文学，由此直寻说孕育而生。

"直寻"是钟嵘提出的一个重要的文学理念，他由钟嵘《诗品》"观古今胜语，多非补假，皆由直寻"[6]而来。目加田诚这样解释其含义：

> 直寻就是靠直接体验来感受。然而它绝不是只捕捉现实之意。而是要使感知到达对象的深层，面对具体的对象，感知到它所包含的无限意义和可能性，将对象作为宇宙之道的表现来感知。[7]

将直寻解释为直接体验是不够的。它是指人们的感知深入到对象

1　［日］目加田诚：《中国文艺思想中的自然》，载《目加田诚著作集第四卷·中国文学论考》，第435页。

2　罗根泽：《中国文学批评史》（一），第241页。

3　同上注。

4　吕德申：《钟嵘〈诗品〉校释》，北京：北京大学出版社，2000年版，第110页。

5　同上，第115页。

6　同上，第55页。

7　［日］目加田诚：《六朝文艺论札记》，载《目加田诚著作集第四卷·中国文学论考》，第72页。

的内部，直接地切入并融入真实中去。[1]

　　目加田诚认为钟嵘提出直寻说，"绝不是欲在文学中论说哲理"[2]，此说罗根泽早在 1934 年《中国文学批评史》的"周秦汉魏南北朝"部分中就指出过："钟嵘的反对黄老，不是反对黄老的自然哲学，而是反对因为'贵黄老，尚虚谈'所形成的'理过其辞，淡乎寡味'的文学。"[3]目加田诚之说并不新颖。目加田诚是将直寻提至"宇宙之道的表现"层面来理解的。传统意义上的道包罗万象，涵盖宇宙万事万物，人的所有活动都受其左右，目加田诚这样的解释未免过于宽泛。我们可以说直寻是感性的、直觉性的，是心与物的统一，是自然之道的表现。当然，尽管《诗品》序对永嘉时期在文中谈论黄老的文学提出了批评，但钟嵘的文学理论不是为了树立某种哲学思想，而是要以"直寻"之道来表现文章的"自然英旨"。直寻作为钟嵘自然主义诗学思想的核心，其理念若追根溯源的话，具体指向的应该是老庄的无为自然思想。

　　直寻的特点是不用故事和出典，以真诚自然之心待物。钟嵘认为那些以道德性训诫为目的的文章，已经丧失了对象的具体性，成为概念化的"平典"，他希望看到充满生机的文学，在他寻找生动深刻的文学创作之法时，古典的各种引用和概念性的道德论于他而言便是没有意义的。文学不仅要描述现实的形象，更要把握对象中含蓄的意义，所以他说："吟咏情性，亦何贵于用事？"[4]他在《诗品序》中对刘宋诗人颜延之、谢庄诗中"尤为过于繁密"的用典现象进行了批评，说这样的文章"殆同书抄"[5]。钟

1　［日］目加田诚：《中国文艺思想中的自然》，载《目加田诚著作集第四卷·中国文学论考》，第440页。

2　［日］目加田诚：《六朝文艺论札记》，同上书，第72页。

3　罗根泽：《中国文学批评史》（一），第243页。

4　吕德申：《钟嵘〈诗品〉校释》，第55页。

5　同上注。

嵘提出直寻说的目的，是要借以体现文学作品之"滋味"。《诗品序》曰："五言居文词之要，是众作之有滋味者也。"[1]滋味是指诗之味，是作者对物象的亲身体验和感受，体现着语言和内容的完美结合。钟嵘看重"味"的这种纯粹的审美之境，这种内观性的体验是由作者自身与物交融而自然而然发出的，不是仅仅凭用典用事就能达到的精神境地。直寻要求的是作者内心与事物本质上的碰触，只有这种碰触，才会使得作者写出的作品具有真挚动人的力量，所以他反对写景丰富但与抒情分裂的情景理不相交融的玄言诗。钟嵘虽然提出不假用典，但他并不一味排斥技巧，认为要"干之以风力，润之以丹采"[2]，诗之至者是运用技巧，通过直寻之法体现出诗之味来。如谢灵运诗极力描写物象之美，被钟嵘评道"颇以繁芜为累"[3]，但钟嵘又说谢诗其源出于陈思，"譬犹青松之拔灌木，白玉之映尘沙"[4]，说明他认可谢诗的风骨。谢灵运诗歌虽工于技巧，但他的技巧是由直寻而来，其诗"池塘生春草，园柳变鸣禽"之句，用的便是直寻之法，是作者不矫饰心灵，虚待其心融通自然之下情感的真实流露，体现了自然的清新之美，所以钟嵘自然会将谢诗列为上品。

　　目加田诚认为直寻体现了一种"最终透彻的艺术世界"[5]。在目加田诚看来，钟嵘心目中真正的文学，"不仅是将对象进行现实性的形象描述，而是必须要把握其中含蓄的意义"[6]。他也将直寻理念纳入自身的文学理念中来，用直寻之法寻求他理想的艺术境界，在这个境界中，人们可以找到真实的自我，以及完美坚定的语言。如他所说："诗，如同梁钟嵘《诗品》

1　吕德申：《钟嵘〈诗品〉校释》，第14页。

2　同上，第44页。

3　同上，第55页。

4　同上，第51页。

5　［日］目加田诚：《六朝文艺论札记》，载《目加田诚著作集第四卷·中国文学论考》，第73页。

6　同上，第72页。

所说，靠着直寻，即以直接体验充分认识把握对象，深入感知对象存在的内部，追求属于自我的，不可动摇的表现，这就是作诗的严格之处。"[1] 他认为直寻表现在文学创作中，就是"不用故事和出典，只是直率地捕捉眼前的景物，将之贴切地表现出来。而为了直率地捕捉到对象，作者就必须不被外物所困，保持朴素的内心"。[2] 可见，目加田诚认为直寻不仅表现为语言的真实，它还是通往人与自然和谐如一境界的必由之路，表现了钟嵘彻底的自然观。

（二）赋比兴是人与自然相融之境下的表现手段

钟嵘的"赋比兴"解释是学术界讨论的一个重要话题。钟嵘赋予了"赋比兴"不同于汉儒的新的解释，他在《诗品序》中说："故诗有三义焉：一曰兴，二曰比，三曰赋。文已尽而意有余，兴也；因物喻志，比也；直书其事，寓言写物，赋也。宏斯三义，酌而用之，干之以风力，润之以丹采，使味之者无极，闻之者动心，是诗之至也。若专用比兴，患在意深，意深则词踬。若但用赋体，患在意浮，意浮则文散，嬉成流移，文无止泊，有芜漫之累矣。"[3] 关于钟嵘的解释，目加田诚这样说道：

> 赋是直接经验的直接表现，然而体验越深刻，人们就越觉得表现的语言与体验的内容不充分。有时，语言受到波动的情绪影响，容易导致它不能渗透到内面性的精神世界，这种情况下的语言就是"浮"的。这里谈谈兴与比。兴在钟嵘看来，是文有尽而意有余。从语言表现的内容中，自然而然地会生出经过修饰的语言也表现不尽的内容

1　[日]目加田诚：《中晚唐的诗论和司空图的二十四诗品》，载《目加田诚著作集第四卷·中国文学论考》，第503页。

2　[日]目加田诚：《中国文艺思想中的自然》，同上书，第440页。

3　吕德申：《钟嵘〈诗品〉校释》，第14页。

来，即余情。比是因物喻志，是将抽象性的观念转化为具体形态过程中的具体体现。妙用赋比兴三者，就是真实地感知到自然的深奥，在进入与自然相融的境地时，将其表现出来的手段。[1]

目加田诚对于赋比兴的阐释是合乎他对直寻的理解的。如上文所述，他认为直寻若只解释为直接体验，未免不够确切，所以他认为在文学创作中，单纯地使用将直接体验"直接表现"出来的赋，是不够的，必须结合比兴的手法。这种看法是正确的。钟嵘的直寻乃是感知到达对象的深层底部，直接碰触到对象的真实并与之融合而行的一种体验。这就是说，直寻并不是客观世界在作者精神上的直接投影，而是作者要对对象进行有选择的取舍，文学不可避免会带有作者的主观意识，这是因为文学是人思想感情的体现，并非客观世界的复制。同理，赋是将作者的直接经验原原本本表现出来，所以只凭真实性的赋远远不能表达作者深层的精神境界，必须运用比兴的手法，特别是兴，它能令作品产生语言之外的余情，使审美者产生更深层的感动和共鸣。

目加田诚非常强调文学作品中兴的作用，他说：

作者将由直寻而得到的无限延伸开来的感兴付诸笔墨，却不能完全地将它叙述出来。绘画如此，文章亦然。近代写实主义站在客观的立场上描述对象，所以会对实际对象进行细致入微的表现。东方主观性的自然主义认为，有限的语言不能表达人们无限深入扩展开来的兴味，完全能表达真意的语言是不存在的。这就是所谓的"文已尽而意有余"，就像绘画中的留白一样任由观者展开想象。作者将引起自身感兴之物，凝缩、象征成为一点一画一句，剩下的就只能由它来唤起

1　［日］目加田诚：《中国文艺思想中的自然》，载《目加田诚著作集第四卷·中国文学论考》，第440页。

观众读者的感动，自由地扩充感兴了。余情余韵的文学就此产生。[1]

目加田诚看重兴的作用，这是因为钟嵘在谈到赋比兴时就是先谈兴的，目加田诚自然受到了他的影响。《毛诗序》曰："故诗有六义焉：一曰风，二曰赋，三曰比，四曰兴，五曰雅，六曰颂。"[2]钟嵘变六义为三义，将赋比兴的顺序也做了修改，置兴于最前，这说明他对于言辞之外"意"是十分重视的，而多陈述之辞的赋被放在了最后，反映了他对言辞的相对轻视。我们看《诗品》中所列举的例诗都是一句中字数最少的五言诗，钟嵘特意用五言诗来评判作者和作品，是因为他认为五言诗最有"滋味"，诗之高手往往能用有限的文字表达出无限的韵味，辞少意高是高手言诗的境界。"文已尽而意有余"显示了他对文字之外之兴的重视，在有限的文字之中，体味言外之意的余情。

目加田诚谈到为何《诗品》将陶渊明诗纳入中品的原因。他认为从钟嵘的立场来看，"陶渊明的诗有时意余而词踬，故为中品"[3]。但他没有就此展开讨论。笔者认为，虽然《诗品》列陶诗为中品受到许多古往今来学者的责难，但若从钟嵘并用赋比兴三意的立场出发来看，这是不难理解的。陶诗虽然具有悠然自得的境界，但辞采却不如位列上品的谢灵运诗。胡应麟就曾评价陶渊明是"开千古平淡之宗"。钟嵘将其置于中品一事，说明他仍然提倡文学创作使用技巧。他并不以老庄无为的哲学自然观为文学创作的指导，而是以直寻之法，获得客观世界之真。陶渊明诗直寻而少技巧，沈约诗重声调论技巧而少直寻，故均为中品。余情的产生需要情感的真实流露作为基础，虚饰之文首先不会令人感动，自

---

1 ［日］目加田诚：《中国文艺思想中的自然》，载《目加田诚著作集第四卷·中国文学论考》，第440页。

2 （汉）毛氏传，（汉）郑玄笺：《毛诗》，济南：山东友谊书社，1990年版，第20页。

3 ［日］目加田诚：《六朝文艺论札记》，载《目加田诚著作集第四卷·中国文学论考》，第73页。

然也没有余情余味，令人荡气回肠的作品必定是作者怀有真诚之心而作。所以赋比兴的使用必须以直寻之法为统领全局的枢机。直寻是一种审美态度，赋比兴是写作的具体手法，它们互成一体，都是成就美文必不可少的条件。

三、文学中的自然——自然之心与技巧的磨炼

（一）山水文学

目加田诚认为气是宇宙之本源，是万事万物发生发展变化的原动力。如前文所述，气论是一个无所不包的特殊的哲学和美学概念，也是古人的自然观。周敦颐《太极图说》曰："二气交感，化生万物，万物生生而变化无穷焉"[1]，朱熹对此解释说："气聚成形，则形交气感，遂以形化。"[2]中国传统用气的独特概念来解释宇宙的生成和人生命的创立，人由自然而来，亦归自然而去，不含有创始者的意志体现。所以中国传统文学中的自然都表现为与人和谐相处的样态，人感受天地万物之气，在人与自然中，始终有生生不息之气的流转。目加田诚对中国传统气论思想的接受，使得他首先会对古代文学中的自然进行气论上的解读。

他这样评价六朝盛行的山水文学：

> 东方的山水自然文学，是作者没入自然之中，逃逸游于山水自然中产生的。万物皆一体，都是悠悠之道即自然的表现。这样一来，自我存在也是自然的一个表现。在面向山水时，凝视山水的自己也与山水之气相通，成为道之生生流转之一的存了。如此，自己就不仅仅是自

1　（宋）朱熹：《朱子全书》第13卷，上海：上海古籍出版社，2002年版，第73页。

2　同上，第74页。

然的观察者了，而是身处于自然之中，融于母亲一般的自然之中去了。[1]

他进一步指出，山水文学受到了老庄思想的影响。他说：

在中国，吟咏山水始于魏晋时代。这与当时老庄思想的浸透，人们隐退山林，逃离权谋术数不安的社会而守身养心于悠悠之境，乐享人生的风气显著有关。[2]

山水风物就是自然，换言之就是道的表现。当人们感到人类的命运是短暂而变幻无常时，就会在悠悠山水之中体会永恒之道，于其中寻求心灵的安逸。避开现实的虚饰和现世的污浊，随心所欲地生活正是合乎自然的。与大自然一同生活才是真的生存方式，正因为是真的，其中才有自由。于是便有了在山林中自由生存的人，于是谢灵运等人便在其中发现了无尽的美。[3]

目加田诚认为老庄思想对山水文学影响很大，但对于山水文学中儒家和佛教思想影响并未有所关注。实际上，中国古代的士大夫往往得志之时"兼济天下"，以实现儒家的济世之志，失意之时则"独善其身"，转向道家无为恬淡之境寻求精神安慰，在心灵的养护上又容易受到佛教的影响，中国古代歌咏山水自然的文学就糅合了儒释道三家的思想，三者均提倡人与自然的和谐统一，只不过有不同的侧重。

儒家重视人的功用性，自然是作为主体的人的情感的客观投射，有什么样的人格，便有什么样的自然，所以孔子曰："知者乐水，仁者乐山"[4]

1　［日］目加田诚：《中国文艺思想中的自然》，载《目加田诚著作集第四卷·中国文学论考》，第438页。

2　同上，第436页。

3　同上，第429页。

4　（宋）朱熹注，王浩整理：《四书集注》，第94页。

（《论语·雍也》），"夫水者，君子比德焉"[1]（《大德礼记·劝学》）。山水自然是人意志品格的反映，人的道德性决定了自然之美的欣赏性，人始终是审美的主体。儒家将自然比附为君子之德，自然便具有了象征性。比如柳宗元的山水文学，《永州八记》中黯淡的自然就是他悲凉心境的反映。佛教的自然观则体现为"空"，芸芸众生所有表象都是虚空的。"色即是空"的禅宗理念使得自然带有了空灵、深远的禅意。如王维的《鹿柴》"空山不见人，但闻人语响。返景入深林，复照青苔上"[2]，描写的自然就是空。从人与自然的关系来讲，儒家是有我之境，人始终是欣赏评判自然的主体，而佛教中二者本无区别，一切皆是空之表象。所谓世尊拈花，迦叶微笑，自然和人是自然祥和的一体。道家的自然观表现的则是无我之境。庄子有曰："天地与我并生，而万物与我为一"[3]，"不知周之梦为胡蝶与，胡蝶之梦为周也"[4]，这些都是说物我在本质上是一致的，正如庄子的庖丁解牛，物我达到了高度的一致时，才能游刃有余，开辟出精神的自由之境地来。大自然的发生发展变化都是任其自然的，道法自然，道不参与万物变化的任何过程，它具有形而上的自然而然的本质，又是育化万物的根本。所以道家认为人与自然是平等的，没有主客体之分，人的所有活动都在自然之中，自然的一切也是不需人工改变的。老庄的崇尚自然，轻视人为哲学思想对魏晋时期的美学产生了很大的影响，山水文学便是在玄学家们用老庄思想谈玄论道的过程中开始真正形成的。但正如上文所述，山水自然文学中儒佛思想的实际影响不容忽视。

1　（汉）戴德辑，（清）孔广森撰：《大戴礼记·大戴礼记补注》，济南：山东友谊书社，1991年版，第150页。

2　（清）蘅塘退士：《唐诗三百首》，杭州：浙江古籍出版社，1991年版，第110页。

3　（战国）庄周著，沙少海注：《庄子集注》，第26页。

4　同上，第34页。

（二）自然之心与表现技巧的辩证关系

六朝时代，文学的美意识十分发达，文学创作中流行音律、对偶等修辞技巧，然而自魏晋以来，受到老庄思想影响，文学上又表现出"淡乎寡味"之风。那么如何看待文学上的自然呢？目加田诚指出："一是要看文艺创作的契机，二是要看文艺创作的技巧。即作者的心的问题和表现的问题。"[1]

首先他认为文学的发生是自然的。人们感动于自然的山水风物，在其中追求安慰人心灵之道。他说："自然风物、悲欢聚散都打动人的内心，从中生出不虚伪的感兴，诗歌就此而产生了，这是非常自然的事。"[2]

其次他认为文学必须使用技巧。他说：

> 山川草木的自然状态，总是美的吗？花草在地里生长的原本样态总是美的吗？在美的情操逐步发达起来的时候，人们会追求更完善的美……自然的花草原本之形是美的话，那么切枝去叶正形的插花艺术就失去了意义。杂音原本是美的话，音乐的艺术就不会产生。如果它们是自然原本的样子，人们总会感到有多余或不足之处，所以如插花一样，人们将草木施以最调和的样态，用它来表现天地之间呼吸之形的象征。没有经过技巧的努力，而是将物体之形的一切都原原本本地写出来，那是照片的机械作用，并不是文艺。[3]

可见他是辩证统一地看待自然和技巧的关系。他强调文艺必须磨炼技巧，运用技巧时要不逆自然之理，要有效地利用自然，自然和技巧两者相生，并以前者为根本。他认为"将语言的自然之美雕刻出来是文章

---

1 ［日］目加田诚：《中国文艺思想中的自然》，载《目加田诚著作集第四卷·中国文学论考》，第428页。

2 同上，第429页。

3 同上，第429—430页。

的工作，那么技巧就必须一直沿着自然来发现美"[1]。如前所述，这种认识出于他对"文"的理解。他说："美的秩序、礼仪，所有的文化，都是由古代的圣人赐予世上的，正是它们饰世界以美好。正是它们称之为人文。从这个意义上说，文毫无疑问是一种装饰。"[2]社会发展产生了社会阶级差别，产生了社会制约性的礼教，从中而生的形式和装饰都可称之为文。如果去除一切华丽的装饰，回到原始朴素的社会，就不会有文，所以艺术绝不是自然本身。目加田诚认可人在文章写作中的能动性，所以他说："绘画、音乐、文学，都是人艺，那幼儿的画和语言是艺术吗？巧伪是不自然的，巧伪的反面是自然的。自然就是无为，但艺术绝不是无为、朴素。"[3]目加田诚曾表示"应该给予《庄子》在中国文学史上最高的地位"[4]，说明他十分欣赏其中的文学性。虽然老子"无为"、庄子"大巧若拙"等思想排斥人为技巧，崇尚自然朴素，然而文艺毕竟是人竭尽心力而作，《庄子》就运用了大量寓言、反证等各种修辞和技巧。针对这种矛盾，目加田诚指出，文学的发生是作者有诉诸人的愿望，文学上的自然和思想上的自然是两回事。这一点罗根泽也曾指出过："黄老是自然主义者，但是哲学上的自然主义，不是文学上的自然主义，不能混为一谈。"[5]目加田诚说：

> 老子一派主张回归朴素，排斥人为，儒家思想则主张自然不是单纯的自然，人们将自然赋予之物作为素材，从人的自觉性、主体

1　［日］目加田诚：《中国文艺思想中的自然》，载《目加田诚著作集第四卷·中国文学论考》，第432页。

2　［日］目加田诚：《六朝文艺论札记》，载《目加田诚著作集第四卷·中国文学论考》，第62页。

3　［日］目加田诚：《中国文艺思想中的自然》，载《目加田诚著作集第四卷·中国文学论考》，第427页。

4　［日］目加田诚：《文学与人》，载《目加田诚著作集第八卷·中国文学随想集》，第21页。

5　罗根泽：《中国文学批评史》（一），第243页。

性立场出发，积极地对待自然。这里有文学、有人的努力和不懈的
修养功夫。育成万物的天地之德，是凭借人的自觉性、主体性参与
才得以完成的。[1]

目加田诚反对老庄万事万物归于朴素的无为消极之说，而更加赞许儒
家的重视人的主体能动性，认为文学是人们积极思考的结果。这也体现
出他对技巧的重视。他指出，刘勰《文心雕龙》所说的"文之为德也大
矣"，意思就是"参天地之德是真正的艺术，真正的技巧"[2]。但我们应该注
意，目加田诚对儒家礼教束缚人的真实情感这点是非常厌恶的，如他欣赏
李卓吾的童心文学，就是因为它们体现了与封建繁缛礼教不同的，尚未泯
灭的，不矫揉造作的真实童心。

目加田诚认为磨炼技巧的目的是为了达到自然之真。他说："为了追
求表现上的自然之美，首先就要捕捉对象之真，否则产生不了美。"[3]"自然
就是真。自然中没有虚伪。真正的艺术，将这种不虚伪的真的姿态、真的
感情表现出来，在表现生动的感兴时，就开始有了富有生气的艺术。"[4]他
认为蕴含作家真心的文学才能令人感动，而语言是文学的表现，要表现真
的文学，就必须要用历经训练才能获得的真的语言。他在很多文章中都反
复强调艺术要具备"真"的特性，真可以理解为自然之真、情感之真、语
言之真。经过磨炼而成的美丽文采，不论它如何险怪抑或普通，如果不失
真，就是自然的。他说：

用真的语言来表达，是要经历长时期的学习训练才能熟练自由运

---

1 ［日］目加田诚：《中国文艺思想中的自然》，载《目加田诚著作集第四卷·中国文学论
   考》，第431页。

2 同上，第430页。

3 同上，第432页。

4 同上，第435页。

用的，否则就找不到唯一的语言表现。达到这一境地时，真的语言就会自然而然地吐露。真的语言就是自然。它看似朴素，又不朴素，它是作家经历过严格的筛选才把握的对象之真。所以，有时我们看到的普通或是奇怪的词句，它也绝不是故意在追求简单和怪异，而是作家的心灵与技巧在自然地到达了穷极一点时，不期而遇的一种表达。这样就能得到自然的、真的艺术。[1]

他认为有时真的语言即穷极唯一的表现会让人觉得险怪，这是因为它此时只能这样表现，所以谢灵运的诗歌今天看来，富于技巧和修辞，但在当时却普遍被誉为是自然之作，就是因为它们是"真"的艺术。与语言的险峻相反，有时技巧磨炼的结果产生的是极为朴素的语言。如陶渊明《饮酒·其五》"此中有真意，欲辨已忘言"[2]，就是历经磨炼而就的朴素之句。他说：

> 自然，就是无限悠悠之道。用人类有限的语言很难将其表现出来……真意是指自然之心。领悟真意时，寻常的语言是难以言表的……"已忘言"对陶渊明而言，再没有比其更好的表达了，它就是最穷极的表现。只有凭借这乍一看是朴素的表达，其中的无限之意才能得以传递。欧阳修《醉翁亭记》起始一句"环滁皆山也"之外，没有其他明显的描写环境的语句……这绝不是简单平凡的一句话，实在是最极限的表达了。[3]

1　［日］目加田诚：《中国文艺思想中的自然》，载《目加田诚著作集第四卷·中国文学论考》，第441页。

2　（晋）陶渊明著，郭建平解评：《陶渊明集》，太原：三晋出版社，2008年版，第85页。

3　［日］目加田诚：《中国文艺思想中的自然》，载《目加田诚著作集第四卷·中国文学论考》，第438页。

针对上述引文，笔者有以下两点看法。

第一，陶诗"真意"该如何解释。"真意"在陶诗中的意义应该是真正的完美的人格和自由自在的生活。目加田诚将陶诗的"真意"解释为自然之心，忽略了其中包含的人的要素。我们知道，陶渊明的诗歌从容自然，充满对生活的领悟，他在自然之中找到了"真意"，但这种"真意"来自田园的朴素生活，是人工造就而非纯粹的大自然，陶诗"采菊东篱下，悠然见南山"[1]（《饮酒·其二》）之句表达的隐逸境界是入世而非出世的。对陶渊明而言，官场扭曲的人格是不自然的，在喜爱的田园生活中体会温暖人情，达到物我融合的统一境界是合乎自然的，从陶渊明的田园诗中，我们既能读到他回归大自然感受到精神上的不羁自由，也能从朴素的人与事的描述中体味到积极人性。正如司空图《白菊三首》称赞陶渊明的那样："不疑陶令是狂生，作赋其如有定情。"[2]陶渊明的自然真意实际包含着对大自然和人事和谐共融的赞美。

第二，目加田诚反复强调"真"的语言只有一种，即那个时候非那样表现不可，这实际上是说语言的表达具有有限性。他指出："人无限深入扩展开来的兴味，用有限的语言是不能表达的。完全能表达真意的语言是不存在的。"[3]这种看法是合理的。心灵感受到的要比笔墨所能描绘的境界大得多。语言是意向的表达方式，有限的语言蕴含的意向可能是无比丰富的，所以应在遣词造句上选取那些最大限度能使人产生联想之字句。中国是"文"的世界，古往今来浩如烟海的文章诗词令一些词语产生了丰富的意向。正因为古人作诗懂得词语中所蕴含的这些意向，才会利用它们演绎自己复杂的情感。高手作诗，往往不着痕迹地将言外之意赋予其中。古人

1　（晋）陶渊明著，郭建平解评：《陶渊明集》，第85页。

2　北京大学北京师范大学中文系、北京大学中文系文学史教研室编：《陶渊明资料汇编》，北京：中华书局，2004年版，第22页。

3　［日］目加田诚：《中国文艺思想中的自然》，载《目加田诚著作集第四卷·中国文学论考》，第440页。

评价谢灵运著名的《登池上楼》"池塘生春草，园柳变鸣禽"一句便有代表性。旧题王昌龄《诗格·论文意》评价这句诗时曰："凡高手，言物及意，皆不相依傍"[1]，皎然《诗式》说它是"情在言外"[2]。同样，陶渊明"已忘言"，欧阳修"环滁皆山也"也是情在言外，任由读者思想驰骋之意。一些看似率然的信口之作，往往是作者深思苦索酝酿许久的结果。简单极致之美体现的是事物本初的真美，真实的语言和语言背后的意向浑然天成，方能使普通的语言产生深厚的魅力和无穷的回味。

1　张伯伟：《全唐五代诗格汇考》，南京：江苏古籍出版社，2002年版，第188页。

2　同上，第261页。

第二章

唐代文论研究

目加田诚对于唐代文学理论的批评，主要体现在《关于诗格与诗境》（1949）和《中晚唐的诗论和司空图的〈二十四诗品〉》（1975）这两篇文章中，另外，他的《唐代诗史》《杜甫的诗与生涯》两部书中也有些许论述。其研究内容主要集中在以下三个方面：一、晚唐至宋初的主要论诗形式"诗格"；二、唐代诗论新的创造之说"诗境"；三、司空图的诗论。六朝时期的文论探讨理论，唐代的诗格则侧重论述方法。诗格一般是为了蒙学或科举应试而作，历代不为文人所重，近代初的学者们也不认为它有多大的研究价值。目加田诚却在唐代文论中选择诗格进行研究，体现了他作为一名研究者视角的客观性和平衡性。

我国解放前针对诗格的研究很少。朱东润《中国文学批评史大纲》（1944）甚至没有提到过诗格。郭绍虞《中国文学批评史》（上，1934；下，1947）有过对晚唐诗格卷目、编者的介绍。罗根泽《隋唐文学批评史》（1943）据《文镜秘府论》引用了很多王昌龄的诗论，并就王昌龄诗论中的十七势、格律论、今本诗格及诗中密旨等内容专设三节论述，但也没有对王昌龄"诗有三境"说具体展开讨论。我国对诗格的讨论是在近三十年间才逐渐多起来的。这一现象和20世纪70年代我国《文镜秘府论》校勘研究的深入有很大的关系。特别是对王昌龄《诗格》的研究，因其原书已佚，空海的《文镜秘府论》所载王昌龄《诗格》就成为研究的唯一正本。关于《文镜秘府论》，清光绪年间，杨守敬曾在《日本访书志》记载了此书。新中国成立前我国对《文镜秘府论》的校勘以 1930 年储皖峰《文二十八种病》一书为最早，但该书只校勘了《文镜秘府论》的声病部分，除了罗根泽和郭绍虞在 20 世纪 40 年代有所关注外，学术界对它的重视引用程度并不高。直至 1974 年周维德先生校《文镜秘府论》、1980 年王晋江先生《文镜秘府论探源》、1983 年王利器先生《文镜秘府论校注》等书出版后，《文镜秘府论》才逐步受到学界重视。日本方面却因文献方面的便利早已有该书的相关研究了。据卢盛江先生《文镜秘府研究》(2013) 一书载，从幸田露伴时期起便有对《文镜秘府论》的校勘，后又有内藤湖南、铃木虎雄着手进行过校勘工作。1948 年，日本大洲出版社出版了小西甚一的力著《文镜秘府论考·研究篇》，这部书为唐代诗论的研究提供了坚实的文献依据。

作为一位日本学者，目加田诚在《文镜秘府论》的资料获取方面有着先天的优势，他在 1949 年发表的《诗格与诗境》论文中引用了王昌龄的《诗格》，应该就是以日本校勘的《文镜秘府论》为研究底本的。在信息不发达的当时，资源共享确实是难以做到的一件事，目加田诚的《关于诗格与诗境》这篇文章当时并未为我国学界所知，未能达成学术上的交流，是颇为遗憾的。今天看来，诗格与诗境是唐代文学理论中最具特色的部分，司空图诗论则最能反映晚唐时代具有代表性的诗境美学。目加田诚在 20 世纪 40 年代对它们的研究显得非常具有学术前瞻性。另外，唐代的文学理论，特别是司空图的诗论，相比其他朝代而言更为偏重纯艺术的批评，目加田诚在论述中也表现出了他从纯艺术角度理解和欣赏的倾向。

第一节   诗格

20 世纪八九十年代张伯伟发表了多篇论诗格的文章，1996 年和 2002 年，其《全唐五代诗格校考》与《全唐五代诗格汇考》两部书籍分别面世，书中全面细致地考察了全唐五代时期的诗格，具有很高的学术价值。但在新中国成立前，论诗格的文章并不多见，这与文献的缺失有关，也与诗格的论诗形式一直不受研究者的重视有关。1934 年郭绍虞《中国文学批评史》上卷，1943 年罗根泽《晚唐五代文学批评史》两部书中有关于诗格的介绍，罗根泽另写过《文笔式甄微》（《文史学研究所月刊》第三卷第三期）的文章，除此之外，中国没有特别专门针对诗格的研究。日本方面，除了青木正儿《中国文学思想史》（1943）的第四章设有"晚唐时代诗格之尊重"一节，对诗格进行论述之外，其他对诗格的研究也很少见。铃木虎雄的《支那诗论史》（1925）等专论文学理论的书籍也没有谈及诗格。在这样的情况下，目加田诚在 1949 年写的《关于诗格与诗境》一文在当时学术界便显得难能可贵。这篇文章重点考察了《吟窗杂录》等诗格书籍，以及诗境的意义，文章中的一些看法虽然受到了郭绍虞和罗根泽之说的影响，但在对什么是格这一问题的理解上也提出了一些新的见解。

一、关于"格"——作品外在的表现形式与作者内在之意相关

（一）什么是诗格的"格"

目加田诚认为诗格的格，可以训读为式、度，"是诗文的表现样式"[1]，

---

1 ［日］目加田诚：《关于诗格与诗境》，载《目加田诚著作集第四卷·中国文学论考》，第133页。

"诗格就是诗的法式"[1]。他说：

> 格与骨骼、体格的格相同，诗格就是诗的构成方法、诗的样式。形态由构成方式而生，所以人的恭谨态度就称为检格，风采仪节就称为标格，还有格范、风格之语。风格最初用于形容风采的峻整（《晋书·庾亮传》）、秀整（《世说新语》）。也就是说，这些格有态度端正整备之意。那么在文艺中，诗文的框架即构成有确实的法则，就称为有格。[2]

目加田诚指出格是"确实的法则"，这点是正确的。格最初就是法式、规则之意，如《礼记·缁衣》曰："言有物而行有格"[3]，郑玄注："格，旧法也。"[4]后来用于品评人物时出现的各种衍生词汇，如检格、标格、格范、风格都离不开这个本义。诗格之格的语义首先具有广义的"型"的含义。诗的各种体例和预备作诗的经验，均可谓诗文的表现样式、诗的格式。从这个意义讲，诗文的构成有确实的规则和标准，乃是文学创作的基础，一部好的文学作品，首先要立格。唐与五代文论中的诗格含义多样，其中最基本的就是指诗的修辞法式。如，李峤《评诗格》中列"诗有九对""诗有十体"；李洪宣的《缘情手鉴诗格》中有"束散法""审对法"；齐己《风骚旨格》中有"诗有六断"；文彧《诗格》写有针对律诗"连"的法则；王玄《诗中旨格》论有诗的刺、美、比之各种趣旨；王睿《炙毂子诗格》述诗的体式，即三、四、五、六、七、八、九言诗的起源；旧题白居

1　［日］目加田诚：《中晚唐的诗论和司空图的二十四诗品》，载《目加田诚著作集第四卷·中国文学论考》，第492页。

2　［日］目加田诚：《诗格与诗境》，载《目加田诚著作集第四卷·中国文学论考》，第133页。

3　（汉）郑玄注，（唐）孔颖达疏：《礼记正义》（五），济南：山东画报出版社，2004年版，第1650页。

4　同上注。

易《金针诗格》有依诗句字数而定的诗形分类；皎然《诗议》列出了诗的名对、隔句对等六种对法，等等。这些论述诗格的著作均举出了大量诗的样式乃至法则。

目加田诚进一步指出，诗格不仅仅是作诗的法度，诗格之格还同"意"密切相关。他说：

> 不只是诗文的表现样式为格，表现样式是内在精神的自然体现，所以格当然地与意有关，内在精神即意，意与格相关，意的高下自然地会反映在表现样态上，而成为格之高下。[1]

> 表现的样式与内意绝不是没有关系的。没有脱离内容的表现。表现的样式是由内意自然取得的。诗的品格气度在语言的使用和音调中流露出来，最终它们的表现形式是由内意自然而然地决定的。意兴之高自然成为诗的格调之高……所以，格从内而言是由意而生的，外在表现为语言的构成和声音的排列。这就有了格调一词的存在。[2]

在目加田诚的上述看法中，格与意相关这一观点的提出是合理的。意即作者的内在精神，格即作品的外在表现形式，作品是作者思想感情的体现，自然会反映出作者的性格和个性，意与格是文学构成过程中不可分割的一个整体。

其实关于格和意的关系，古代诗论多有言及，目加田诚并不是首论者。唐代诗格论的内容就已经不仅限于诗歌的修辞法则，开始就诗歌内含作者之"意"展开论说了。如旧题王昌龄《诗格》中的"三格"分别是生思、感思、取思，均属于作者内在精神活动，即意的范畴。旧题王昌

1　［日］目加田诚：《诗格与诗境》，载《目加田诚著作集第四卷·中国文学论考》，第133—134页。

2　同上，第136页。

龄《诗中密旨》所列"诗有九格"，是就诗的构成法分类论述，"犯病八格"条列举了支离缺偶等八种作诗容易犯的毛病，同时又在"诗有二格"条曰："诗意高谓之格高，意下谓之格下"[1]，表明格的高下与意有着直接的联系。齐己《风骚旨格》论"诗有三格"曰："一曰上格用意。二曰中格用气。三曰下格用事"[2]，说明用意是格高的要求。格与意在唐代很多诗格书中含义已经十分接近了。如旧题王昌龄《诗格》说："凡作诗之体，意是格，声是律，意高则格高，声辨则律清。"[3] 旧题白居易《金针诗格》还将格视为意之先："诗有四炼：一曰炼句。二曰炼字。三曰炼意。四曰炼格。炼句不如炼字；炼字不如炼意；炼意不如炼格。"[4] 可见，在唐代诗格中，格的含义有时已经超出了法度、规则等外在之型的范畴，进而具有与意相关的内在属性了。

另外，目加田诚还认为格的产生与"骨气"相关。他说：

> 骨气是从诗的框架构成而生出的力量。格产生于诗文轮廓的构筑过程。由此又产生了气格一词。格是诗的构成样式，也是被构成之物自己所占据的"位"。盛唐的诗意兴正大、骨紧、气骏爽，所以格调就高。晚唐的诗气纤弱，框架构成弱，格就低下。框架构成方式的强弱是意的高低强弱。格的高下由意的高下而定。意高骨紧，骏爽之气而生，格就高。意卑下，构成力不强，风骨飞散，格就低。[5]

目加田诚论格，是可以和他对"骨"的看法互为参看的。在目加田诚

1　张伯伟：《全唐五代诗格汇考》，南京：江苏古籍出版社，2002年版，第194页。

2　同上，第415页。

3　同上，第160页。

4　同上，第353页。

5　［日］目加田诚：《诗格与诗境》，载《目加田诚著作集第四卷·中国文学论考》，第138页。

的美意识中，格、骨是相互依存、彼此联系的一个系列。

（二）格以不用典为上

目加田诚认为文之格最上者当以"真"的语言为贵，以"直寻"之法为先，其次才是各种修辞手段的运用。在继承传统和创新的态度上，要有属于真正的自己的语言，即以不用典为原则，强用典故为格最下者。究其原因，他指出：

> 强用典故不能从真正的自我的感兴而涌出的不可替代的语言，它轻而易举地比拟于他事，借着古人凭自己体验的感兴而发的言语来进行表现。古人有古人的体验，自己有自己的体验。古人的感兴与自己的感兴是不同的。切实地捕捉自己的感兴，就会生出真正属于自己的语言。只是因为事情的类似而借以表达，毕竟没有以自我内心去观照景象那么彻底，因为它丧失了纯粹性。[1]

典故在古代诗文中是常见的，六朝文学就尚用典。比如作为骈文体的《文心雕龙》每篇都有大量的用典。然而刘勰用典的含义在于"明理引乎成辞，征义举乎人事"[2]，刘勰将"事类"解释为"据事以类义，援古以证今"[3]，说明用典用事的目的是为文章论点服务的。刘勰还对用事用典提出了"取事贵约，校练务精，捃理须核"[4]的要求。唐代以后，诗文仍多用典，黄庭坚就称韩愈文和杜甫诗"无一字无来处"[5]（《答洪驹父书》），但

1　［日］目加田诚：《诗格与诗境》，载《目加田诚著作集第四卷·中国文学论考》，第137页。

2　（南朝梁）刘勰著，范文澜注：《文心雕龙注》下，第614页。

3　同上注。

4　同上，第616页。

5　（宋）黄庭坚：《答洪驹父书》，载《中国古代文论选》（赵建新编），兰州：兰州大学出版社，2002年版，第165页。

很多文学理论书籍开始将用典的作用降至首位以下。如旧题王昌龄《诗格》"诗有五用例"条有曰："用事不如用字也"[1]；"用字不如用形也"[2]；"用形不如用气也"[3]；"用气不如用势也"[4]；"用势不如用神也"[5]。"用事"即用典，其作用被放置到了最末。另外，皎然《诗式》举出诗的五格为："不用事第一；作用事第二；直用事第三；有事无事第四；有事无事，情格俱下第五。"[6]"不用事"即不用典，为第一格。此外，还有旧题贾岛《二南密旨》列举诗有三格："一曰情。二曰意。三曰事。"[7]齐己《风骚旨格》曰："一曰上格用意。二曰中格用气。三曰下格用事。"[8]两者均将用事放于格之最末。

可见唐代诗论虽然没有明确反对用事用典，但与六朝时代不用典不以言文的风气有了明显的不同。在古代文学理论家中，刘勰、王昌龄、皎然都认为要合理地用典，他们认为用典不是作诗的前提条件，而是一种令诗文增色的修辞方法。钟嵘则旗帜鲜明地反对用典用事。所谓"吟咏情性，亦何贵于用事"[9]，"观古今胜语，多非补假，皆由直寻"[10]。

虽然目加田诚对刘勰等人的用典之论不置可否，但他却非常赞同钟嵘反对用事用典的理念。他认为，勉强借用他人的感兴之辞的格是低下的，这是因为不同的诗人有不同的感兴，以物比象时词语的选择也会有不同的表现。古人彼时彼景下自然流露的感兴，换了时机环境，是不能与自我感

1　张伯伟：《全唐五代诗格汇考》，南京：江苏古籍出版社，2002年版，第189页。

2　同上注。

3　同上注。

4　同上注。

5　同上注。

6　同上，第227页。

7　同上，第376页。

8　同上，第415页。

9　吕德申：《钟嵘〈诗品〉校释》，第55页。

10　同上注。

兴完全契合的。强言典故是内心之意尚且空虚的表现，当作者意兴真正高扬时，内心会充满感动，在感动的瞬间，纯粹的自我之意自然会流露出属于自我的语言，如若用典，便应当以不见拘束，不隔文意为高，只有这样才能达到感动天地的纯乎感动，才能与读者产生深层次的共鸣。目加田诚重视作者自我感受的体现，欣赏天真自然的语言，在他的文学作品中，语言的使用是朴素的，很少见到技巧搬弄的痕迹。文学首先是有感而发，唯有自我真实的感受才能与天地之气相通，才能将这种感动传递给读者，他正是这一理论的忠实拥护者和践行者。

（三）个体风格与时代风格相通

诗格的格不是指作者的性格，但是，因为目加田诚认为格与意有关，意是作者的内在精神，所以他在谈论诗格时会谈到作者的性格或风格。他认为唐代诗论中论诗格，往往也论诗的风趣和风格，"这两种格的意义混杂在一起"[1]。那么什么是诗的风趣与风格呢？他认为："诗的风趣、风格，虽然流于辞，但最终是由意自然取得的样式。正如'文以气为主'，诗文的样式自然反映作者的性格、个性。个性的生成离不开那个时代的思潮，一个时代有一个时代的格调。"[2]他具体说道：

> 在思考每个人独立的格和调时，同时也要考量时代的风气自然地表现出来的各个时代的格调。所以，个人的文艺之格是由个性而生的，而个性又脱离不了时代的特性，同时代人们的诗文之格是互通的。所谓盛唐之格、晚唐之格即是如此。明代的格调说，将格与调合在一起说，是欲模仿汉魏盛唐的"格调"。格与调，不只表现作者

1　[日]目加田诚：《中晚唐的诗论与司空图的二十四诗品》，载《目加田诚著作集第四卷·中国文学论考》，第492页。

2　同上注。

的个性，不承认个性有与时代共通的部分，就不能说有一个时代的格调。[1]

笔者赞同目加田诚关于作者个性的生成离不开时代思潮的论点。每个时代都有每个时代的格调，作者个体的主观认识会受到时代集体认知的影响。这使得作品除了是作者主观的情感意志的投射之外，还包含作者对所处的时代社会整体的认知，这种认知又不可避免地会继承前一时代的传统。作者真实的个性往往会在对集体认识或趋同或妥协或受制的状态下得到不同程度的变相反映。所以，在对古代文学进行审美性的研究时，对作者个性的考察是一方面，另外还要思考作者所处时代的社会普遍认知，以及作者受到前代的何种影响。

但是，目加田诚过于强调作者个性在文学中的体现了。比如他在谈到文章的外在表现样式"格"和作家的内在精神"意"时这样说道：

> 豪放性格的人自然展示出豪放的文体，纤弱的人自然展示出纤弱的文体。性情刚烈之人的文体强劲，情意浓厚之人选用细致的文体。毫无疑问，诗文的样式自然而然地反映作者的性格。卑弱低俗的意向表达的格调势必是低下的。[2]

他在这里是想强调格与意是统一的，但却忽略了一点，即文体有时也会对作者个性有所束缚，文体不一定反映作者的性格。所谓"诗发乎情"，在古代文学中，诗赋的文学样式较其他文体而言最能表达作者个人的感受。然而，在奏议章表等公式化的文章中，作者本身的个性表现的空间就

1　［日］目加田诚：《诗格与诗境》，载《目加田诚著作集第四卷·中国文学论考》，第136页。

2　同上注。

是有限的了。作者要想在这有限的框架之中树立自我的特点，必须在语言上用心经营，虽然每一个作者支配语言的方式都是不同的，从文字的取舍选择中仍可窥探出作者个性，但这并非浅易之事。如果说文体形式由作者的个性自然地得以展示，莫若说作者的思想感情是受制于文体形式的，一个人的作品有不同的风格，是由文章的不同"体势"要求作者有不同的写作风格造成的。比如，曹丕《典论·论文》就说："盖奏议宜雅，书论宜理，铭诔尚实，诗赋欲丽。"[1]再如《文心雕龙·定势》篇曰："章表奏议，则准的乎典雅，赋颂歌诗，则羽仪乎清丽。"[2]其中的雅、理、实、丽、典雅、清丽都指的是文章风格，而奏议、书论、铭诔、诗赋是不同的文体，不同的文体要求作者创作出相应不同的风格。古代对文体体式种类的归纳是繁复的，往往多有重复和意义隐晦之处，除了《文心雕龙》所列的上述八体，《文镜秘府论·南卷》论及文体时，列有博雅、清典、绮艳、宏壮、要约、切至六种文体；皎然《诗式》以高、逸为首括诗之体为十九体；司空图《二十四诗品》以象征性的批评作了诗体的二十四种归纳。虽然古代文体种类繁多，但这恰恰说明了在文学作品中，作家的思想感情越细腻，语言的韵律、词汇、语法越复杂，作品表现出的风格也就越多样化。我们可以通过作品体会作者的性格，但作者性格的展示是不完全的，也是多样的，所以目加田诚由性格自然而生文体的看法就显得不够严谨了。另外，"体"在古代文论中有多种含义，可以概括为两个方面，一是指文体、体裁，二是指文章体貌、风格。目加田诚并未区分这两种含义，他说"诗文的样式自然而然地反映作者的性格"，如果此处的"样式"一词是指文章体裁、文体的意思，其说便有不妥。

目加田诚认为文体反映作者的性格个性，这种观点的源头恐怕在于曹

1　魏宏灿：《曹丕集校注》，第313页。

2　（南朝梁）刘勰著，范文澜注：《文心雕龙注》下，第530页。

丕的《典论·论文》。曹丕曰："文以气为主，气之清浊有体"[1]，是说不同的作者性格不同，所秉承的不同之气造就了诗文体性的不同。古代文论论及"体"时，也大致承曹丕此说，比如《宋书·谢灵运传论》曰："相如巧为形似之言，班固长于情理之说，子建、仲宣以气质为体。"[2]《文心雕龙·体性》谓："各师成心，其异如面"[3]，《文镜秘府论·论体》云："凡制作之士，祖述多门，人心不同，文体各异。"[4]但实际上，同一个作者也会写出不同风格的作品，比如，杜甫说自己年轻时"为人性僻耽佳句，语不惊人死不休"[5]，老年时则"老去诗篇浑漫与，春来花鸟莫深愁"[6]（《江上值水如海势聊短述》），就向我们道明了他在不同时期有不同风格的作品。古时对作者风格的概述是模糊的，印象式的，在捕捉字词间流露出的细腻风格时，便显得难以言状而带有局限性。

目加田诚重点谈论的几个文学理念，如格、格调、文体都属于近代语言风格学研究的范畴，而作者个性和社会整体的关系，更是近代语言风格学主要研究领域所触及的层面。目加田诚虽然没有明确谈论风格学，但上述引文中，个人文艺之格离不开所处时代的格调和特性，以及文体反映作者的性格的看法，均从客观上反映出他从近现代文艺学和语言学方面进行的考量。关于语言风格学，瑞士学者巴里在1905年的《风格学概论》中，首先提出了语言风格和作家作品所处的社会性相关的看法，被视为语言风格学的发轫。20世纪50年代之后，语言风格学在中国得到逐步发展，但至今尚未成为一门显学，这是因为它作为一门学科，在研究对象、方法等

1　魏宏灿：《曹丕集校注》，第138页。

2　黄霖、蒋凡主编：《中国历代文论选》先秦至唐五代卷，上海：上海教育出版社，2007年版，第149页。

3　（南朝梁）刘勰著，范文澜注：《文心雕龙注》下，第505页。

4　［日］弘法大师著，王利器校注：《文镜秘府论校注》，北京：中国社会科学出版社，1983年版，第331页。

5　山东大学中文系古典文学教研室选注：《杜甫诗选》，第177页。

6　同上注。

方面还有许多悬而未解的问题。然而可以明确的是，语言风格学表现了修辞学的一个方面，因为风格的形成不可避免地要用到各种语言修辞手段，探讨风格的形成就要研究语言修辞本身（若以现代文艺学角度来看，中国古代论风格也可归于大的修辞学的范畴），而修辞学是隶属语言学下面的一个分支，所以语言风格学是文学与语言学相结合的产物。语言风格学的研究内容包括文体、体裁的风格，也涵盖时代风格、地域风格、个人风格等。作者性格和使用语言、文体之间的关联性，正体现了作者自己的个人风格，同时也流露出时代和地域的风格。黎运汉先生就指出："语言风格学的研究对象应该是风格现象，即人们运用民族语言的各种特点及其综合表现，包括民族的、时代的、流派的、个人的、语体的特点及其综合表现等。"[1]语言风格学试图找寻语言风格的形成规律，所以它在探究风格与语体、修辞等语言现象的关系之外，非常重视对个体的语言风格和社会整体风格之间的关系。目加田诚明确提出了作者个性与时代社会特性息息相关的看法，这实际上属于现代语言风格学研究的领域。《诗格与诗境》写于1949年，考虑到当时中日学术界没有更多从语言风格学来探讨诗格意义的研究，这种看法的提出在当时是标新立异的。

目加田诚没有从风格学的语言学，即形成各种"格"的韵律、对偶等语言修辞层面讨论格之意义，而着重从美学的角度看待格的形成，这点符合他倾向于对研究对象作美学上、印象上品评的研究特色，这同时也是中国古代传统文学批评的特色。而语言风格学主张避免作价值判断，客观地分析文学作品的语言修辞、结构、形成过程等种种要素，以得到可以详细言说的规律性的资料为目的，它与缺乏精准性系统性的古代传统文学批评方法是截然不同的。目加田诚在对中国传统文学的研究之上，重视使用传统文学话语，将文学作品还原至时代中去，刻意避免生硬地套搬现代文艺学分析文体的方法。这体现了他继承中国古代的文体之说，在表述上重意

1　黎运汉：《汉语风格探索》，北京：商务印书馆，1990年版，第15页。

向，倾向于美学上的价值判断，然而却又不失现代文艺学的立场。

二、关于《吟窗杂录》——僧侣转录之作

《吟窗杂录》是了解中晚唐诗格情况的一部诗格集，虽然因内容浅陋而被称为伪书，但同时代其他的诗格集早已亡佚，它毕竟保有了中晚唐诗论的一部分资料，是有一定学术参考价值的。目加田诚对它的研究大致如下。

（一）《吟窗杂录》收录的诗格与其他文献互为印证

目加田诚比较了《吟窗杂录》收录的各个诗格与其他文献，他说：

王昌龄的诗格，见于《（新）唐书·艺文志》的《诗格》二卷和空海《性灵集》的王昌龄《诗格》一卷。但《直斋（书）录解题》说他有《诗格》一卷和《诗中密旨》一卷，元辛文房的《唐才子传》也说王昌龄有论述诗的格律、境思、体例的十四篇诗格一卷和《诗中密旨》一卷。它们应该是就《吟窗杂录》中所见到的王昌龄的两部诗格来说的。《吟窗杂录》或许随意地将王昌龄的诗格分为了两种书籍。另外，《吟窗杂录》中皎然的《诗议》《中序》《诗式》，在《唐志》中载为画（昼）公《诗式》五卷、《诗评》三卷，在《直斋（书）录解题》中录为《诗式》五卷、《诗议》一卷。弘法大师的引文中有《诗评》，又称《诗议》。它被《吟窗杂录》的编者略作删减收于书中。另外，《吟窗杂录》的《中序》是将《诗式》的序另外取出，其《诗式》部分是将原《诗式》稍作删减而成。《历代诗话》将《诗议》和《诗式》合二为一。然而《吟窗杂录》本《诗议》的总论部分，比一卷本的《诗式》相应内容还要简略，所以《吟窗杂录》应对收录的各项内

容都作了许多删减。[1]

针对以上见解，笔者谈一谈赞同和反对的两点。

首先是赞同之处。正如目加田诚所说，《吟窗杂录》收录的诗格多经编者随意改动，《吟窗杂录》是一部伪中有真之书。《文镜秘府论》录《诗格》一卷，空海《性灵集》卷四《书刘希夷集献纳表》曾曰："王昌龄《诗格》一卷，此是在唐之日，与作者之边，偶得此书"[2]，所以《文镜秘府论》收录的《诗格》应是可靠的，《吟窗杂录》所言两书之说并不可信。南宋陈振孙的《直斋书录解题》将《新唐书》中的王昌龄诗格两卷著录为两书，被后人视作伪说，恐怕也是受《吟窗杂录》之误所累。《吟窗杂录》中也有真作，比如《诗议》，这部书的引用同样可以用《文镜秘府论》作比照。《文镜秘府论》南卷《论文意》收录有皎然《诗议》之文，其他卷也多有《诗议》的内容，如东卷《二十九种对》就引用了皎然《诗议》八种对。《吟窗杂录》所收《诗议》与《文镜秘府论》相应内容大致相同，即表明这部分不是伪作。空海在《文镜秘府论·论对》中曰："余览沈、陆、王、元等诗格式等，出没不同。今弃其同者，撰其异者，都有二十九种对，具出如后。"[3]沈是沈约，陆是陆厥，王是王昌龄，元是元兢，说明他所收录的大都是初盛唐时期的文论。而《吟窗杂录》则收录有很多中晚唐的诗格，书中论述的重点在于诗歌的病犯和对偶之法，其中有些可以和初唐《文笔式》《诗髓脑》《唐朝新定诗格》等互为参看，是有研究价值的。另外，《吟窗杂录》除了依托名人所作的诗格之外，还收集了许多无名氏的诗格。如卷二十九至三十一为"古今才妇"，卷三十二为"古今侍僧"，卷三十三、卷三十四上为"古今武夫、夷狄、本朝诗人"。它涉及诗歌制

1　［日］目加田诚：《诗格与诗境》，载《目加田诚著作集第四卷·中国文学论考》，第132页。

2　转引自［日］弘法大师著，王利器校注：《文镜秘府论校注》，第13页。

3　同上，第223页。

作的体裁也很广泛，如卷四十八"讥愤、嘲戏、歌曲"，卷四十九"琴、棋、书、画、香、乐、茶、酒、砚、纸、笔、杂题"，卷五十"杂题、杂咏、契真、诗余"。它对我们勾勒唐代文论的整体面貌是有帮助的。

其次是反对之处。上述引文说，《吟窗杂录》所录皎然诗格的《中序》取自《诗式》之序，笔者认为不妥。在《新唐书·艺文志》之后广为著录的五卷本《诗式》[1]中，共有三处出现了序。第一处在《诗式》整卷之首，第二处在卷一的"团扇二篇"之前，标为"中序"，第三处在卷五之首。[2] 再来看《吟窗杂录》的《中序》部分。它列有"团扇二篇""王仲宣七哀""评古得失""三良诗""西北有浮云""池塘生春草，明月照积雪""论（卢藏用）陈子昂集叙（序）""齐梁诗""卷八"几目。[3] 其中"团扇二篇""王仲宣七哀"出现在五卷本《诗式》的"中序"后，是为卷一所设条目。而"三良诗""西北有浮云""池塘生春草，明月照积雪"位于卷二；"论（卢藏用）陈子昂集叙（序）"在卷三；"齐梁诗"在卷四；"评古得失"未见其条。可见，《吟窗杂录》的《中序》各目是编者随意而录的。《诗式》的"序"并非卷名，"中序"也只是一段文字，不是单独设立的一卷，《吟窗杂录》的《中序》取自原《诗式》各卷的多个条目，何来《中序》是将《诗式》的序另外取出"之说？目加田诚之说显得概念模糊，恐怕是因为没有分清《诗式》三种序有区别的缘故。另外，上述引文有一些笔误或是印刷错误之处，如"《唐书·艺文志》"若改为"《新唐书·艺文志》"较为严谨，"《直斋书录解题》"少了"书"字，《唐志》载《诗式》应为"昼公"《诗式》。

1　《诗式》五卷本一般被认为是定本。除了《吟窗杂录》的三卷本外，还有《历代诗话》所录的一卷本，但它收录的《诗式》内容简略，不为历代学者所重。目加田诚说的《诗式》之序应指五卷本的《诗式》之序。

2　本文以张伯伟《全唐五代诗格汇考》为研究底本。

3　陈应行编：《吟窗杂录》上，北京：中华书局，1995年版，第15页。

（二）《吟窗杂录》的编者是多名僧侣

在谈到该书编者时，目加田诚说："今传于世的是五十卷（所见京大馆藏版），是状元陈应行编，有绍兴五年重阳后一日浩然子之序。"[1]目加田诚所看到的京都大学馆藏本应是日本文政九年（1826）昌平版，是由明嘉靖四十年（1561）刻本转刻成的。[2]虽然该版书中记载陈应行、浩然子编，但他认为该书将钟嵘的《诗品》随意删削，王昌龄的诗歌与《文镜秘府论》所引用的部分也不一致，在同一项中又有内容的不同，显得粗陋不堪，所以应该不是出于一人之手。他说：

> 《吟窗杂录》载唐人的诗话是非常不可靠的，所谓白居易撰、贾岛撰都只不过是假借之名。在它收录的二十六种诗格书中，除了二三个宋人之外，其他都是中晚唐的诗话和诗论。唐代的律诗形式已经固定，诗歌在科举中也得到应用，所以许多论作诗的要诀、法式的书应运而生，它们被称为诗格或者诗式。这些书有很多是僧侣写的，或是假托白居易和贾岛等人而作。白居易和贾岛不仅是有名的诗人，还都是与佛教有关的人，可以想象僧侣对他们的诗论是喜好的。晚唐至宋代，诗禅一致之说的出现也与这一现象有关。[3]

关于《吟窗杂录》的编者是何人，这一问题至今尚不明了。罗根泽认为，明刊本的《吟窗杂录》题陈应行编，陈振孙《直斋书录解题》和马端临编《文献通考》中都称蔡传撰，毛晋《风骚旨格跋》也称蔡氏著，可

1　陈应行编：《吟窗杂录》上，北京：中华书局，1995年版，第131页。

2　关于京都大学藏本是明代转刻本的说法，见张伯伟《论〈吟窗杂录〉》（《中国文化》1995年第2期）一文的论述。

3　［日］目加田诚：《诗格与诗境》，载《目加田诚著作集第四卷·中国文学论考》，第133页。

见原出蔡传，而明刊本或由陈氏重编。[1]张伯伟《论〈吟窗杂录〉》（1995）
一文指出，历代书目及文献中提到该书的编者大致有三人，即蔡传、陈永
康、陈应行，但究竟是何人很难考定。[2]相比这些观点，目加田诚的看法
是，《吟窗杂录》是由多名僧侣所编。他说："或许它是诗僧们的学习书，
诗僧们在诗中寻求禅的深刻含义吧。"[3]但他没有提出确凿的证据证明这一
点。唐代的诗格的确有很多是僧人所作，特别是在诗僧皎然作《诗式》之
后。《吟窗杂录》收录的诗格，就包括有僧皎然《诗议》《中序》和《诗
式》、沙门文彧《诗格》、金华保暹《处囊诀》、释虚中《流类手鉴》、桂林
淳大师《诗评》、古今诗僧等所论的诗格。但是，尽管《吟窗杂录》的编
者有对持有佛教思想诗人的诗论编取的偏好，以现实的资料来看，仍然很
难断定编者就是僧人。目加田诚的这种看法只能称之为猜测。

　　不过，目加田诚主张诗禅一致说的出现与僧侣转录诗格有关，这种观
点不无道理。诗禅合一的产生，一则是因为僧侣之中流行以诗说禅之风。
很多僧人同时又是优秀的诗人，诗格也由他们的转录而在科考应试的书
生和蒙学机构间广为流传。二则是因为过于唯心地论诗，会不可避免地向
宗教思想靠拢以寻求理论的支持。唯心的论诗方法需虚空内心以待物，这
便使得诗论自然带有了禅意。佛教思想在诗歌中的运用，也使得诗歌作品
呈现出清灵空寂之境和无穷的韵味。佛教思想和诗歌美学领域具有的关联
性，当以宋代文论为典型，然而这种关联从唐末五代时期就有了，齐己就
有著名诗句曰："诗心何以传，所证自同禅"[4]（《寄郑谷郎中》）。随着佛教
心性论在唐代人们生活各个方面的影响深入，诗论中也融合进了佛性中
道、实相、心性等佛教理论的要素。皎然的诗论提出"取境"之说，就是

1　罗根泽：《中国文学批评史》（二），上海：古典文学出版社，1957年版，第216页。

2　张伯伟：《论〈吟窗杂录〉》，载《中国文化》1995年第2期，第165—166页。

3　［日］目加田诚：《中晚唐的诗论与司空图的二十四诗品》，载《目加田诚著作集第四
　　卷·中国文学论考》，第494页。

4　（清）彭定求等编：《全唐诗》19，延吉：延边人民出版社，2004年版，第5109页。

欲表达诗歌当中的意韵，说的是在种种禅心道意的境界中完成作者感兴的抒发，取境不同，作品风格也不同。诗禅合一的倾向后来还表现在了刘禹锡的"境生于象外"说，司空图的"象外之象""景外之景"说中。

第二节　诗境

　　在研究唐代文学理论时，"境"是一个不容忽视的概念。境本是佛教用语，后演变为一个极具美学性的文学术语。境本身含义隐晦，至今人们对境的理解仍未达成共识。唐代文论对境的言说，以王昌龄《诗格》、皎然《诗式》为代表，其他还有如权德兴、刘禹锡、吕温等也留有相关文字，但这些文论均没有给境下一个统一的定义。近代以来，境逐渐被赋予了近代文艺学、美学、哲学上的诠释，其意义也愈说愈多。如王国维假名"樊君"在《人间词乙稿序》（1907）中说："文学之事，其内足以摅己，而外足以感人者，意与境二者而已。"[1] 又在《人间词话》（1908—1909）中说："词以境界为最上。有境界则自成高格，自有名句。"[2] 其中提出了"有我之境""无我之境""境界有大小之分"之说，另外他还在《宋元戏曲考》（1912）中论及"意境"一词。然而他对境、意境、境界三者皆论，并没有对它们做出详细的解释和区分，有学者就认为我们现在所言的"意境"一词和古代诗学之"意境"异趣。[3]

1　王国维：《王国维学术文化随笔》（佛雏编），北京：中国青年出版社，1996年版，第229页。

2　同上，第319页。

3　如蒋寅在《原始与会通："意境"概念的古与今——简论王国维对"意境"的曲解》［《北京大学学报（哲学社会科学版）》2007年第3期］一文中的观点。再如罗钢《意境说是德国美学的中国变体》［《南京大学学报（哲学・人文科学・社会科学）》2011年第5期］一文中所持观点。

　　境之所以难以界定其含义，是由于它具有的"象外之象""景外之景""味外之旨"的种种不可言说性、抽象性、象征性所导致的。我们看到，目加田诚对唐代文论中境的看法是紧凑的，他没有过于纠结在哲学乃至宗教层面讨论境的含义，而是将其放置在具体的文论文献中进行探讨，这样就避免了空泛的意境（境界）的理论表述，在实实在在的文字之中，找寻境的深刻含义。具体来说，他的研究重点在于将境与格、意捆绑在一起，从境与它们的关系来考察其意义。学者们多从意境（境界）谈境，或将意与境相提，很少将境、格、意三者关联在一起进行研究，目加田诚的这种处理方法是很独特的。如上节所述，他认为格与意相关，而意的高下归根结底是置境的高下，所以格、意、境三者便联系在了一起。这样的说法有合理之处，境这一中国古代文学中重要的美学概念，因其带有的心识特点而含义模糊，认识它需要借助相关的文论话语。格是诗文的表现样式，意是作者的思想感情，它们是构成文学作品不可或缺的因素，或能由此三者的联系，分别做出分析，来显现境的深刻含义。目加田诚《关于诗格与诗境》（1949）一文，就展示出这样的一种研究方向。

一、关于"境"——"境"与"意"相关

（一）"境"与"意"相关

　　目加田诚认为，有什么样的立意，就有什么样的格调（格），而意是建立在境之上的，境与意密切相关。他说：

　　　　生境，即境生而意立。取境，即由意而取境。意与境不是对立的，由意而生诗境，或说境生而诗意立。如前所述，诗格的高下是意的高下，意的高下是置境的高下，境的高下是境的雅与俗、纯与不纯。境的大小不关乎其优劣。这样看来，诗格的高下就与境的超逸与低俗相关了。进入超逸之境就有超逸的性格，进入高雅之境就

成为高雅之人。把意置于这样的境中来作诗，这样的诗便具有超逸古雅的品格。[1]

把握对象的是"我"，高雅之心获取高雅之境，豪壮之心获取豪壮之境，卑俗之心获取低下之境。李白立意于豪快之境，显示出豪快的格调，杜甫立意于抑郁之境，显示出抑郁的格调，王维立意于闲雅之境，显示出闲雅的格调。他们都是深入到自我内心，澄净自我感觉，从而到达天地之境，获得人情机微的。境随着自我感兴的无限扩展而无限深入。境或大或小，或深或浅。[2]

目加田诚认为意与境是不可分割的。意与境的高度融合才能创造出感动人的诗歌来，他说：

唐末司空图的"思与境偕"，意思是说：作者不是直接地描写山水之景或人生离合的表面形态，而是将思想深藏于其中。或是恍惚于美丽的风景中，沉浸在无限的自然美中，或是观人生悲观之相，思考生存的深刻哀愁，在思绪到达这样的境地时，诗就作出来了。[3]

目加田诚着意指出意同境的密切关系，并认为最终诗歌表现出来的格与意、境都有关系，实际上是将境在诗歌创作中的地位拔高，三者的关系是境＞意＞格，境统领意与格，但境的获取又是意（心）的主动行为，由作者主观之意取境，所以境与意还是一对相互作用的整体。我们知道，唐代文论中意与境的含义经过后世的诸多阐释，至今以"意境"或"境界"说之名在学术界得以焦点般的关注，但现代人所说的意境却与古时并不相

1　［日］目加田诚：《诗格与诗境》，载《目加田诚著作集第四卷·中国文学论考》，第141页。
2　同上，第142页。
3　同上，第141页。

同。在唐代文论中，意与境是两个诗学术语，虽然王昌龄《诗格》"诗有三境"中有意境一词，但它与物境、情境相并举，是指因作者对物、事、人产生不同的审美倾向而出现的不同程度的诗境。目加田诚将意与境分别来看，这点是正确的。

中国古代诗文语境中意的含义是多指的。第一，意是作者的思想感情。如王昌龄《诗格》论文意时说："意须出万人之境，望古人于格下，攒天海于方寸"[1]，说明意是作者有限言辞之外的无限的精神活动。第二，意是一种精神努力的体现。如皎然《诗式》曰："立言盘泊曰意。"[2]这里的意就是作者在文学创作时所作出的种种用功。第三，意还有内意和外意之说。如《金针诗格》"诗有内外意"条曰："一曰内意，欲尽其理。理，谓义理之理，美、刺、箴、诲之类是也。二曰外意，欲尽其象。象，谓物象之象，日月、山河、虫鱼、草木之类是也"[3]，表明内意是儒家思想的表现，外意是客观外物的描写。第四，古人有时将意与境相提并论。如皎然"诗情缘境发"（《秋日遥和卢使君游何山寺宿扬上人房论涅槃经义》）、权德舆"意与境会"（《左武卫胄曹许君集序》）、司空图"思与境偕"（《与王驾评诗书》）等说。

意与境究竟有何关系？笔者认为，首先，境是物、象、景、意观照内心获取的。所谓"境生于象外"，在境这个平台上，所有的物象与情感融汇交织，触发出更深层次的精神感受，这种高层次的精神活动就是意与客观对象相融合的过程，境由此而生。它强调诗文中纯艺术的美意识，带有浓厚的佛教心识观的影响，是作者内心与物象高度融合状态下的自由的思想境界，是作者的精神与对象本质在深入协调状态下，心境游于"象外之象"所感受到的不可言状的情感。它与意的区别根源也在于此，反观意却

1　张伯伟：《全唐五代诗格汇考》，南京：江苏古籍出版社，2002年版，第162页。

2　同上，第242页。

3　同上，第351—352页。

没有这种心识观念。其次，意与境均体现出作者的精神世界，意是作者对想要言说的事物之含义、对物象体貌所产生的思想感情。境是抽象的精神的某种层次上，作者的无穷之内心世界所能达到的无形的极致之处，是主观与客观相结合，又脱离于物象具体之形的无拘无束的纯主观意识。境不是客观世界本身，而是客观对象在主观精神中的投射，是经过对客观本身过滤，历经审美过程后到达的精神世界。境比意多了空灵浮幻之感，意比境多了些具象所指。就如旧题白居易《文苑诗格》所说："若空言境，入浮艳；若空言意，又重滞。"[1] 境有多种层次，境最上者往往是那些达到物我一如之境者。物我一如，是说文学创作要描写物在我心中深刻映射的景象。比如在描写自然时，不是复制自然本身，而是将自身与自然合二为一，捕捉客观对象经过主观过滤后的样态来进行描写。

虽然目加田诚没有就意与境的含义作详细的考察，但他认为意与境有密切的联系，意与境共同作用的结果是得到不同程度的诗格，当意到达天地之境时，作者便超越了小我，这时表现出来的境界就是诗文创作追求的目标。他认为文学创作最理想的状态应是"不分意与境，意境融合为一，写景写实都应当为被对象映射的深刻的心意中所反映的景象"[2]。这是合理的看法。

（二）王昌龄的"诗有三境"说

旧题王昌龄《诗格》中有论诗的三境，关于三境之间有无上下之分，在现当代学术界争议颇多。有的学者认为三境并举不分上下，如袁行霈在《论意境》一文中认为："意境是指作者的主观情意与客观物境互相交融而形成的艺术境界"[3]，有的学者认为三境分上下，如陈良运在《中国诗学体

1　张伯伟：《全唐五代诗格汇考》，南京：江苏古籍出版社，2002年版，第365页。

2　［日］目加田诚：《诗格与诗境》，载《目加田诚著作集第四卷·中国文学论考》，第139页。

3　袁行霈：《论意境》，载《文学评论》1980年第四期，第134页。

系》中认为三境是依次递进的三种境界。[1]目加田诚对三境的理解则不分上下。他这样解释三境道：

> 物境。比如在作山水诗时，在眼前造出一幅风景绝佳的美图，让感动触发心灵的微妙琴弦。在置身其境的同时，将心灵也藏于其中。这时以那清晰映射在心灵之上的感觉为诗，在这样的境中就能得到细致描写的真。情境。或喜或悲都是此境。它说的是，当悲喜在心中扩散时，体验这种感觉，在思绪深潜到情深之处时对其进行描写。意境也是指在心中深刻感受由意而来的感觉，充分地得其真。物象之境，情意之境，都是深刻观照自己的内心才能得其真。[2]

笔者亦认为王昌龄所说的三境不分上下，三境是作者在进行文学创作时思维活动的侧重不同导致的对外物不同的体验途径，沿着这三种途径行进，都可以达成美好的诗歌。但对于目加田诚所说，三境中无论是哪种境，都是关于"真"的审美境界，笔者对这一点有着不同的理解。旧题王昌龄《诗格》中关于三境的原文是这样说的："诗有三境。一曰物境。二曰情境。三曰意境。物境一。欲为山水诗，则张泉石云峰之境，极丽绝秀者，神之于心。处身于境，视境于心，莹然掌中，然后用思，了然境象，故得形似。情境二。娱乐愁怨，皆张于意而处于身，然后驰思，深得其情。意境三。亦张之于意，而思之于心，则得其真矣。"[3]在原文中，意境的解释是说诗文创作意境的最终目的是要得到"真"，而对物境和情境的描述中都没有出现"真"字，文本解释要力究文字本身的意义，如果原文没有出现确实的字眼，那该字所代表的含义就值得推敲。王昌龄言物

1　陈良运：《中国诗学体系论》，北京：中国社会科学出版社，1992年版，第169页。

2　同上注。

3　张伯伟：《全唐五代诗格汇考》，南京：江苏古籍出版社，2002年版，第172页。

境时，举山水诗为例，意思是说将我置身于物中，以我观物，物是我内心之境中的物，这时虽然是用抽象的语言，却能表达出形象的山水之貌。情境，是说人的七情六欲表现在意上，诗人感同身受世间的诸多情感，在作诗时思绪驰骋从而达到的精神层面。物境和情境都是诗人创作过程中在思想层面上构筑的不同的活动平台。物境侧重言说山水诗创作时的取境，情境侧重言说抒情诗创作时的取境。而意境的获取在于用意，用意深刻就能得到事物人情之真。

王昌龄的三境中物境与情境都没有言及"真"，目加田诚对三境的解释却都以"真"为最终论述的落脚点，这是一个很有意思的现象。他对三境的解读，体现出他探寻文献字词背后的文学本质这一研究特点。我们看到，目加田诚就唐代文论中境的一些看法，如：境是客观的物象在作者内心深处的投射及所带来的种种思想活动；这种思想活动是触动心灵的真实感受；作家要捕捉物象之外的意境，从而达到至深至诚的感动，这些观点都和他对文学本质的认知相契合。文学要表现真，只有真才可以打动人心，这是目加田诚一直坚持的看法，所以他会从"真"这个角度解读王昌龄的诗境说。

二、诗境的创造——作者的苦心经营

（一）诗境与苦思

目加田诚认为，诗境的创造离不开作者自身的修炼，他说：

美丽的山水与平时的修炼相结合，锐化美的感觉，用这样的眼和心看，才能进入艺术的感兴，从而生成物我一如的恍惚之境。要想没入物象而生诗境，还是要凭借自我的修炼之力。[1]

1　[日] 目加田诚：《诗格与诗境》，载《目加田诚著作集第四卷·中国文学论考》，第142页。

语言的自然朴素，绝对不是随性张口而来的。不论孩子的童谣如
何天真，也只不过是童谣。它的语言，不是能在深刻的心灵和深刻的
对象内部之间互为交流的语言。若要到达这个深度，得到唯一的语言
表现，就要靠艺术的修炼。画家用积累了修炼经验的眼睛观看，用笔
作画，真的美就会跃然纸上。将积累修炼后的感觉与语言相结合，就
能产生不可动摇的语言表现。自然是去伪之真，将这种真生动地表现
出来，正是艺术的宝贵之处。[1]

我国古代诗歌的创作对诗人有着极高的技巧要求。诗人必须具备一定
的训练方可为诗。更不用说更高一层的诗境的达成了。修炼是达成诗歌之
境的必须手段。作者正是有了修炼的积累，山水才不是眼前所见山水，才
能产生"象外之象""景外之景"的意境。这种修炼的手段不仅体现在作
者之气，即自身意气的培养，还体现在协调诗境与语言关系的能力培养方
面。前者因个人性格、天生所秉之气不同对作品格调产生先天的影响，而
后者因可以人工习得的特点，是可以凭借后天努力做到的。这种后天的修
炼在唐代诗歌创作中便以"苦思"为代表。

目加田诚认为苦思是为了取境，从而得到不可更改之佳句的目的。他
认为到达至高的高雅之境，必须是在苦思的基础上，精神进入高逸之境才
可以达到。他这样说道：

（高雅之境）俗人不能到达，只凭借苦思也不能到达。必须积累
苦思，令心机终于澄明之后，才可悟入其境地。[2]

1　［日］目加田诚：《诗格与诗境》，载《目加田诚著作集第四卷·中国文学论考》，第
　　143页。
2　同上，第141页。

　　目加田诚对于苦思持肯定意见，这是受到唐代主流诗歌创作的相关影响。我们知道，苦思之风始于唐代，特别是中唐诗人尚苦吟之风。如贾岛诗："二句三年得，一吟双泪流"[1]（《题诗后》）；卢延让诗："吟安一个字，捻断数茎须"[2]（《苦吟》）。就诗歌创作而言，苦思是经过后天学习可以养成的作诗手段，大多数诗人的诗歌创作必须历经辛苦的构思和语言的锤炼方可达到值得推敲的程度，这体现了诗歌创作技巧日益成熟的一面，是值得肯定的。许多唐代诗论都论及苦思。如皎然《诗式》就认为苦思是必要的，其曰："又云：不要苦思，苦思则丧自然之质。此亦不然。夫不入虎穴，焉得虎子？取境之时，须至难至险，始见奇句。"[3]皎然反对雕饰，崇尚自然，同时又重视苦思人工，这与六朝的文艺理论认为苦思伤神，反对苦思有着明显的不同。他中和了两者之长，认为只要遵循表现高逸之境的原则，任何方法均可。旧题王昌龄《诗格》中也有关于文思和创作关系之论。如："夫作文章，但多立意。令左穿右穴，苦心竭智，必须忘身，不可拘束"[4]，"凡神不安，令人不畅无兴。无兴即任睡，睡大养神。常须夜停灯任自觉，不须强起。强起即昏迷，所览无益"[5]。王昌龄辩证地看待了苦思与养神的关系。文学创作首先要求作者必须认真对待，要苦心竭智地思考问题，然而又不可一味强迫自己进行创作。在没有文思时不如大睡以培养旺盛的才思和充沛的精力。《诗格》又曰："取用之意，用之时，必须安神净虑。目睹其物，即入于心"[6]，"意欲作文，乘兴便作。若似烦即止，无令心倦"[7]，这其实和《文心雕龙》的"养气"是一个意思，都是强调文学

1　郭彦全编：《全唐诗名句赏析》，北京：中国计划出版社，2005年版，第188页。

2　同上，第187页。

3　张伯伟：《全唐五代诗格汇考》，南京：江苏古籍出版社，2002年版，第232页。

4　同上，第170页。

5　同上注。

6　同上注。

7　同上注。

创作时饱满的精神状态的重要性。诗人必须全身心地投入到对事物的思考中去，只有在对事物的充分体味之下方可能建立诗兴勃发之境，文思不可强制，若强以用力，难免陷于枯竭境地。苦思是建立在思维的深入达到一定层面的基础之上的，在这个深入而广阔的思维平台之上，精神的来去是自由的，所以说凭着苦思可以达到心思澄明的境地。目加田诚所说的"俗人"凭借苦思也达不到高雅之境，就是说苦思的发生是有条件的，这合乎上述唐代文论对苦思的看法。

目加田诚经常讲诗歌的表达具有"不可动摇"性、"唯一"性，强调的就是字词背后作者付出的费精劳神的经营过程。语言字词若有唯一性，便是作者的语言熔炼功夫做得好，佳句所得，不改一字，是因为作者已经将语言经过千锤百炼的琢磨。其实，美好的诗歌大部分都必须经过语言的锤炼，皆是苦思的结果，天才诗人并不多见。诗人作诗，在选炼语言上下功夫乃是第一个境界，因诗格的高下与诗境的超逸和低俗有关，借由苦思而达到心思澄明之境才是更高一层的境界。在这一层面，诗人心与物合二为一，自然而然地吟咏诗句。司空图《二十四诗品·自然》曰："俯拾即是，不取诸邻。俱道适往，着手成春"[1]，所言即是高手作诗的自然状态。目加田诚虽然肯定苦思的作用，但始终遵循着技巧要为真诚内心服务这一条文学创作原则。旧题王昌龄《诗格》"诗有三格"的"取思"是这样说的："搜求于象，心入于境，神会于物，因心而得"[2]，意思是说，不是简单地复制对象，而是要用种种努力认真地对待物象，仔细观察对象的方方面面，深刻体会对象给予内心的感受，用心揣摩诗境，这样才称得上好的作诗的思想创造过程。这也是目加田诚对自身文学创作的要求。

1　杜黎均：《二十四诗品译注评析》，北京：北京出版社，1988年版，第109页。

2　张伯伟：《全唐五代诗格汇考》，南京：江苏古籍出版社，2002年版，第173页。

（二）"物我一如"之境下的语言具有唯一性

目加田诚说："境就是世界。诗境是诗的、艺术的美的世界。神走得越远，诗境开展得也就越深广。"[1]境是神统领下得以开展的，说明境是某种精神层次，也是因为它具有感觉与情感的审美价值，是难以用有限的语言表达清楚的。在这种情况下，与精神层面诗境的创造相比，具象性语言的运用要难得多。就此他说道：

> 在将艺术的感兴的世界表现在诗中时，人类的语言是多么有限，多么受拘束。在得到物我一如的妙境时，人们会忘记语言。无声之诗、无弦之琴，说的就是感兴达到极致的意思，既然诗是语言的艺术，自然找不到无言的诗。陶渊明面对南山，还是将深刻的含义用一句千古传诵的"已忘言"表达了出来。为了表现这种无限之思的境，只能将停留在一茎一花上的，到达极致的、刹那间的感觉用象征的手法表现出来，这就是诗歌表现上的魔术，而这种表现具有彼时不可替代的唯一性。[2]

上述看法提到了"物我一如"之境。"物我一如"的说法原出于佛教论的物我观。佛家思想认为物我没有本质的区别，所谓"实相一相"[3]，"一相无相"[4]（《无量义经》），"无相"就是人的心识活动，佛家将所有事物视为心之反映，持观心一法即可总摄诸法。道家也有物我观，它强调在"物我同一"的融合境界下获取真、诚，物我同一表现的是一种精神绝对自由的审美境界。如《庄子·齐物论》曰："天地与我并生，而万物与我为

1　［日］目加田诚：《诗格与诗境》，载《目加田诚著作集第四卷·中国文学论考》，第141页。

2　同上，第143页。

3　证严上人讲述：《无量义经》，上海：复旦大学出版社，2011年版，第179页。

4　同上注。

一。"[1] 道家的物我观强调两者的对立统一，唯有真人才能自由出入于物我之间，而佛教的心识观令物产生了空灵之美，以心观物强调的是虚静以待的虚空。

在目加田诚的美意识中，这两者之说是综合的。一方面他强调物我同一的至真至诚之心的获取，另一方面又重视物我一如之境下的得言即真。他在分析中唐自然诗歌时，也体现出这种佛、道融合的物我观认识。唐代开元年间，自然山水诗流行，储光羲、綦毋潜、常建、刘长卿、王昌龄、孟浩然、刘眘虚、王维等诗人以长安郊外或洛阳为中心互相交往，创作出大量歌咏自然的诗歌。《全唐诗》中这些人的诗中都展示了同一倾向，即追求清淡脱尘之境的倾向。目加田诚在谈到这一现象时指出：

> 这些人常与禅僧与道士交往。不论是佛教或是道教，相比它们的教义与信仰，静虑澄心的禅境与超脱尘世的神仙之境更能获取诗人的共鸣。在这一点上佛道没有区别。开元泰平时，在上层社会追求骄奢生活与狂热追求权力的同时，这种被视为高尚的生活方式也受到人们的追逐，诗人们日益倾心于此，制作出当时诗歌的一种类型。这样的诗歌表现了与随着音乐伴奏而歌之诗所不同的趣味，是描写心境之诗。[2]

这就说明，目加田诚认为道家的真、诚概念，与佛教的虚静心识观都在心境澄明一点上达成了一致。在"物我一如"之境时，语言的表达只能是象征性的、唯一性的。这种看法是有道理的。境是印象式的，很难用具体的语言表述清楚，只能靠心灵体会。境的不可言说性使之具有抽象的美

1　（战国）庄周著，沙少海注：《庄子集注》，第26页。
2　［日］目加田诚：《中晚唐的诗论与二十四诗品》，载《目加田诚著作集第四卷·中国文学论考》，第503页。

学意义，而抽象的语言表达便只能是象征性的。境具有的象征意义令它有着言外之意，象外之象的深远含义。作者通过文辞作品展示出来的诗境，经由读者的不同的个体感知经验获得不同程度的理解，语言被赋予了语言之外更多的含义。目加田诚认为语言的表达因感觉的极致性而具备唯一性的特点，最简单的语言往往蕴含着最深刻的含义，这正是出于他对境的不可言说性的理解。唯一性的语言表达是发自作者与天地相通的至真至诚之心。目加田诚推崇钟嵘的"直寻"说，正是因为钟嵘轻用典故，"得言即真"。在物我一如之境下的语言是唯一的，这是因为只有在这样的诗境下，才能感受到"真"，"真"是唯一的，所以这时的语言也是唯一的。目加田诚关于语言有限性的看法与钟嵘《诗品序》"文已尽而意有余"、刘勰"情在词外"看法相近，也承殷璠"兴象"说、王昌龄"诗境"说、刘禹锡"境生于象外"说、司空图"象外之象""景外之景"说而来，这些古代文论均重视审美主体精神情感相对于言辞的重要性，强调言外之意在诗歌创作过程中的不可或缺性。

第三节　司空图的诗论

目加田诚于1975年发表了《中晚唐的诗论和司空图的〈二十四诗品〉》一文，认为司空图谈的"不知所以神而自神"的境界，是很难达到的，司空图的实际诗作并没有表现出他在《二十四诗品》中的诗论思想，所以诗品中的美辞赞语只能称之为"空话"[1]。

这反映出属于目加田诚的一种文学美意识：对于唯心的、形而上的文

1　［日］目加田诚：《中晚唐的诗论与二十四诗品》，载《目加田诚著作集第四卷·中国文学论考》，第503页。

学思想，如果不能对实际产生作用，是不能称之为好的文学理念的。这一方面是因为在目加田诚的意识中，人始终是自然和历史中的一部分，他在文学之中研究人的价值和人格的这种努力，使得其文学研究体现出强烈的人文关怀精神。另一方面是因为他的思想中有唯物主义的气论影响。唯心和唯物主义的差别在于对宇宙本原是精神还是物质的认识。气是自然界的一部分，是物质，他的气论观体现的是唯物主义精神。我们在目加田诚身上看不到超乎自然的唯心主义，和以唯心主义与形而上学为思想基础的形式主义的体现。在这样的思想指导下，他自然会对司空图诗论中纯理论性和唯心的一面予以排斥。

近年来，围绕司空图《二十四诗品》真伪的问题，学界展开了热烈的讨论。陈尚君、汪涌豪在《司空图〈二十四诗品〉辨伪》（1994）文中认为，《二十四诗品》假托司空图之名，实际上是明人怀悦《二十四品》的伪作。[1] 此说一经提出，许多学者都发出了赞同或反对的声音。在学界尚未得出定论之前，本书仍将《二十四诗品》视为司空图之作来进行研究。

一、关于《二十四诗品》——象征性的言说

（一）《二十四诗品》分类模糊

目加田诚认为司空图《二十四诗品》的"品"与钟嵘《诗品》的"品"不同。钟嵘《诗品》将诗人诗作分为上中下三品，这种分类方法是受到六朝书品、画品评定作品的影响，也与当时九品中正的官位制度有关。而司空图《二十四诗品》，是将诗的风趣风格分为了二十四个种类，

---

1 陈尚君、汪涌豪：《司空图〈二十四诗品〉辨伪》，载《唐代文学研究（第六辑）——中国唐代文学学会第七届年会暨唐代文学国际学术讨论会论文集》，桂林：广西师范大学出版社，1994年版，第581—588页。

这诸多的品类是没有上下高低之分的。他说:

> 司空图对各目加以四言十二句的韵语,是用以表达象征的意义。这些韵语是很美的,但意义却是模糊的,二十四种品目没有清楚的区别。[1]

目加田诚不仅对司空图诗品的诸多分类不满,他对古代文论中过于杂多分类的论诗方法评价都是不高的,比如皎然《诗式》。他认可的是像《文心雕龙》那样富有逻辑性的分类方法。他说:

> 《文心雕龙》中说到文有八体,典雅、远奥、精约、显附、繁缛、壮丽、新奇、轻靡,其中典雅与新奇、远奥与显附、繁缛与精约、壮丽与轻靡是呈相对应的关系,这种分类方法是清楚明确的。然而皎然的十九体,有按诗歌意境分的"高""逸",有按人的气节分的"忠""节",还有如"达""诚"这样的分类,列举杂多,列举之法只是想到什么就列举什么。[2]

《二十四诗品》中的二十四种诗品的确难以疏解清楚。如论《超诣》之品曰:"匪神之灵,匪机之微。如将白云,清风与归"[3];《飘逸》:"落落欲往,矫矫不群。缑山之鹤,华顶之云"[4];《高古》:"畸人乘真,手把芙蓉。泛彼浩劫,窅然空纵"[5];《洗炼》:"空潭泻春,古镜照神。体素储洁,

---

1　[日]目加田诚:《中晚唐的诗论与二十四诗品》,载《目加田诚著作集第四卷·中国文学论考》,第498页。

2　同上注。

3　杜黎均:《二十四诗品译注评析》,北京:北京出版社,1988年版,第167页。

4　同上,第172页。

5　同上,第84页。

乘月返真"[1]。这些品目看起来似乎说的都是一个意思，都描述的是一幅仙境图画。这种情况的产生，一是因为意境的表述十分困难。意境的美学特点决定了它是不能用抽象理性的语言概括的。二是因为，司空图所列举的二十四种品目，都是"思与境偕"的言说，它们本来就同属于一个艺术境界，即佛老的精神境界，所以即便有所分类，也在根本上摆脱不了意义相似的趋势。

（二）二十四种诗品的象征性

目加田诚指出，二十四种诗品种类虽多，却都是在"表达象征的意义"，并没有具象所指。这一观点早已被郭绍虞指出过，郭绍虞在《中国文学批评史》（上 1934、下 1947）中说："大抵司空图只受时人好用象征批评以论作家之影响，于是应用此法，以论诗之流品，故能比物取象，目击道存，亦觉其有味外之旨而已。用象征方法以分论作家则琐屑而易为；以总论流品，则广漠而难精。"[2]

目加田诚认为在中国，"借用美辞对作家作品进行象征性的批评是有传统的"[3]。他例举以下中日诗论："惠休评谢灵运诗云：'谢诗如芙蓉出水'……《古今和歌集》评曰：'花山僧正尤得歌体，然其词著而少实。如图画好女徒动人情……在原中将之歌，其情有余，其词不足。如萎花虽少彩色而有熏香'……这些都是对作家的作品进行印象式的批评。"[4]

正如他所说，钟嵘在评谢灵运的"名章迥句"和"丽典新声"时也曾用象征性的话曰："譬犹青松之拔灌木，白玉之映尘沙。"[5]日本《古今和歌

1　杜黎均：《二十四诗品译注评析》，北京：北京出版社，1988年版，第94页。

2　郭绍虞：《中国文学批评史》，第185页。

3　［日］目加田诚：《中晚唐的诗论与二十四诗品》，载《目加田诚著作集第四卷·中国文学论考》，第501页。

4　同上，第501—502页。

5　吕德申：《钟嵘〈诗品〉校释》，第51页。

集》受到中国诗歌以类比物的影响，也有不少比喻之句。中国传统文学论及境、意境、境界，往往会用到象征手法。以象征的文学手法评论诗人和作品的诗文在司空图之前早已有之，但司空图论诗境用了二十四种品目之多，这是前所未有的，他将象征论诗的方法发挥到了极致。诗人眼见到的景象和诗中描绘出的景象必定是有所不同的。诗中之景象带有诗人主观的取舍，是诗人想象与现实结合的虚境，这种不可言状的虚境就在《二十四诗品》中以象征的手法得以表述。

二、"味外之旨"和"韵外之致"——佛老思想的体现

（一）司空图论诗之所在即为味外之旨、韵外之致

目加田诚这样评价司空图《二十四诗品》的主旨，他说：

读这二十四条，便大致可以将其归而为一。所有的趣旨，都在于对自然表示喜悦之情，崇尚含蓄和余情之意。就如司空图自己在《与李生论诗书》中主张的"味在咸酸之外"和"韵外之致"[1]。

目加田诚认为司空图说的"味在咸酸之外"，就是追求文字之外的"味外之旨"和"韵外之致"，它强调文字表现之外蕴含的物事人的真意。司空图论诗在于味外之旨、韵外之致，这种看法郭绍虞也已有论述。郭绍虞在《中国文学批评史》中就说司空图"论诗全以神味为主，欲求其美于咸酸之外，即所以求味外之旨"[2]。

虽然目加田诚受到郭绍虞看法的影响，但他并非对其说完全采纳，在一些地方还表现出了与其相左的意见。例如，郭绍虞对于《二十四诗品》

1　［日］目加田诚：《目加田诚著作集第六卷·唐代诗史》，第368页。

2　郭绍虞：《中国文学批评史》，天津：百花文艺出版社，2008年版，第187页。

中超尘绝俗的论旨给予了积极评价，认为"二十四品全用韵语体貌，颇能不即不离，摄其精神"[1]。他指出，李白称诗仙，杜甫称诗圣，王维可称诗佛，而李杜皆有诗论，王维独无，"司空图之诗论盖即能代表这一方面的主张者。所以能别开生面，所以能不同以前复古之论了"[2]。目加田诚却并不认为司空图《二十四诗品》是"别开生面"，他说：

> 司空图的诗品，雄浑、含蓄等品目饰以美丽的韵语，这些都是司空图按自己的喜好敷衍所设。冲淡、高古、典雅、自然、含蓄、飘逸等就不用说了，绮丽品目的"浓尽必枯，淡者屡深"，形容品目的"俱似大道，妙契同尘"，洗练品目的"体素储洁，乘月返真"等，趣旨几乎相同。[3]

另外，针对司空图诗论甚高而诗作不逮的这种现象，郭绍虞是这样说的："司空图之论诗正代表诗佛一派；而诗佛之诗论，本事见到是一件事，做到是另一件事……诗佛之诗论，则既不用自己去标榜，而后人之能代为阐说者，尽管说得深中肯綮，秒契玄微，却又未必能做到此境地。"[4]明显地对其进行解释和维护。相比之下，目加田诚的评论就显得很不客气，他说：

> 只是陈列美好心境的诗品赞语只能是空论。[5]

1　郭绍虞：《中国文学批评史》，第184页。

2　同上，第181页。

3　［日］目加田诚：《中晚唐的诗论和司空图的二十四诗品》，载《目加田诚著作集第四卷·中国文学论考》，第502页。

4　郭绍虞：《中国文学批评史》，第188页。

5　［日］目加田诚：《中晚唐的诗论和司空图的二十四诗品》，载《目加田诚著作集第四卷·中国文学论考》，第504页。

  司空图在《与李生论诗书》中列举自己得意的自作诗句，我看都是很平凡的。其中"人家寒食月，花影午时天""棋声花院闲，幡影石坛高""孤萤出荒池，落叶穿破屋""马色经寒惨，雕声带晚悲""得剑乍如添健仆，亡书久似失良朋""孤屿池痕春涨满，小栏花韵午晴初"等等，这些虽然是佳句，但是不知何处能体现出他所讲的"不知所以神而自神"来。总而言之，他的诗论是其理想化的心境，将它直接表现在实际作品中是很难的。[1]

  目加田诚认为司空图诗品那些华美的韵文对其实际创作是无用的，他之所以有这样的看法，是因为他对于文辞的美饰是持轻视态度的，他所重视的是作者心灵与对象本质的碰撞，即体验的深刻，作者只有深入体验到对象内部，才可以达到事物本质的层面，领悟至深的真、诚之道。这种看法的根源在于他一贯所持的气论思想。他认为诗歌与作者之间靠气连接，所以即便是朴素之辞，若能感受到言辞之外的余情余韵，就是完善的，不需要再做华美修饰，这和他对钟嵘"直寻"概念的理解也是相通的。虽然目加田诚认为司空图复杂的诗论难以在实际创作中一一得到贯彻，但在司空图的诗歌理念中，若与直寻理念契合的部分，他便给予赞许。司空图的诗论中本也有合乎钟嵘"直寻"说的一面，《与李生论诗书》中所谓"直致所得，以格自奇"[2]，便是讲诗歌不是由冥思苦想，而是由自然的感情兴发而来，其意近于直寻。只不过司空图诗论的本意不在直寻，而是欲言味外之旨和韵外之致。味外之旨和韵外之致体现的是作者在"象外之象、景外之景"取得的个人经验。譬如《二十四诗品》中"神味"不是诗品中的一品，而是各种诗品的特征，它强调在精神与对象本质深入协调状态下，

---

1 ［日］目加田诚：《中晚唐的诗论和司空图的二十四诗品》，载《目加田诚著作集第四卷·中国文学论考》，第503页。

2 杜黎均：《二十四诗品译注评析》，第189页。

心境游于象外之象、在景外之景中感受不可言状的情感。这种过于唯心式的体验，很容易导向宗教的不可知论，在司空图身上则表现为佛家思想。而直寻与其不同，直寻强调的是直接以心待物，不假典故，它体现的是作者的真实情感，是属于作者自己的，自然而然地取得的对物事人的直观感受。直寻是一种实实在在的写作方法，味外之旨和韵外之致追求的却是一种不可捉摸的境界，的确很难在实际诗作中达成。目加田诚说韵外之致毕竟是司空图"理想化的心境"，"将其直接作用于诗作中是很难的"，这种看法可谓一针见血。

（二）"味外之旨"和"韵外之致"是佛老思想的体现

目加田诚认为味外之旨、韵外之致是超乎技巧之上的余韵余情，不仅是佛家，也是老庄思想的体现。他这样说道：

> 司空图要讲的是，将思想感情深入地扩展到对象内部，进入物我一如之境，无限展开的感兴是不能用人的语言表述详尽的。因此，要使内心游于无限之境，将感动刹那间凝缩，率直地歌咏出来。要将心灵的悟入作为第一要素，在枯淡中寻求深刻的意义。人淡如菊，其香微飘，其味无尽。理想的状态应是，虚空内心以进入诗的三味之境，在淡薄之中传递无限之味，这样一来，诗就接近老庄、禅的境地了。他所谓味外之旨、韵外之致即是此意。[1]

味外之旨、韵外之致固然带有老庄思想的尚自然的境地，但笔者认为司空图的诗论更多体现的是佛家思想。我们知道，魏晋文论重讲情，宋代重理，唐代则重意。王昌龄的诗境说、皎然的情境说、刘禹锡的境生象

1　［日］目加田诚：《中晚唐的诗论和司空图的二十四诗品》，载《目加田诚著作集第四卷·中国文学论考》，第503页。

外说的产生均与唐代佛教的兴盛有关，司空图《二十四诗品》是用象征之法进行的参禅论道的表述。味外之旨、韵外之致的主旨是通过对不可言说的象外之象、景外之景的描述，让人们在心中勾勒图画，以内观精神反视内心，从而意识到眼睛所见皆为心中意识的投射，诗歌所描绘的景象不是实际的景象而是内心精神的主观观照。这是佛教的意境。司空图《与极浦书》中讲道："戴荣州云：'诗家之景，如蓝田日暖，良玉生烟，可望而不可置于眉睫之前也。'象外之象，景外之景，岂容易可谈哉！"[1]蓝田产玉，在太阳的照射下那里的玉石仿佛都生烟了，这是作者心中想象的画面，作者心中的景象是眼睛所见之景象在头脑中的主观投射，这种讨论带有典型的佛教内观性特点，而不属于道家体系。内观是佛教修行中常用到的方法。如湛然《止观义例》曰："唯于万境观一心，万境虽殊妙观理等。"[2]佛教最讲心性论的是天台宗。天台宗的三大宗典之一《摩柯止观》中有所谓"止观十境"，其中的第一境"阴入境"又分为十种，谓"十乘观"，十乘观之第一为"观不思议境"，这是天台宗最重要的世界观，即"一念三千"的观法。即有一念之心就有了三千世界，无心就没有世界。心是摄化万物之唯一之性。境由心生，人凭借观心可以达到出神入化之境。佛教止观的修行方法，是从内心观照中求得眼里所见虚象中的实相，这种认识世界的方法作用于文学理论的阐述之上，就是难以言说的。

目加田诚从佛老交融的角度来理解司空图的诗论，这或许是因为在运用象征手法表述意旨的层面，佛老学说两者是一致的，容易让人产生此种联想。比如《庄子》就善用象征。《庄子·知北游》曰："道不可言，言而非也"[3]，《庄子·齐物论》云："道昭而不道，言辩而不及"[4]，为了讲述这不能"道"的"道"，《庄子》用了许多浅近的比喻和故事。佛教论也常用象

1　杜黎均：《二十四诗品译注评析》，第200页。

2　《佛教历代高僧名著精选附略传记（三）》，第255页。

3　（战国）庄周著，沙少海注：《庄子集注》，第242页。

4　同上，第26页。

征，佛教止观，"羚羊挂角，无迹可求"的精神境界，非妙悟是难以领会的。所以严羽《沧浪诗话》有云："大抵禅道惟在妙悟，诗道亦在妙悟。"[1]

目加田诚虽然认为味外之旨、韵外之致的说法受到老庄思想的影响，但他认可司空图整体的思想体系隶属佛家。他指出："司空图的诗论，进入宋以后发展为严羽的《沧浪诗话》的诗禅一致说，之后发展为清代的王渔阳神韵说，成为一部分诗家信奉的理念，标榜了诗歌的一种方式。这同我国喝茶论茶道，插花论花道，习武论武道一样，都与禅的思想和趣味相关，与它们追求语言表现不了的悟道精神是一样的。"[2]日本的茶道、花道、剑道等带有佛教禅宗影响的艺术表现形式，均以"以心传心""不立文字"为艺术感悟的途径，目加田诚说司空图的诗论同它们一样，说明他还是认为司空图诗论中存在的佛教思想才是主要的。

---

1 严羽：《沧浪诗话》，北京：中华书局，1985年版，第2页。

2 ［日］目加田诚：《中晚唐的诗论与司空图的二十四诗品》，载《目加田诚著作集第四卷·中国文学论考》，第504页。

第三章

明清文论研究

目加田诚就明代文学理论所作的研究，集中在反理学的文学理论研究上。《阳明学与明代的文艺》（1971）一文专门就李贽、袁宏道、汤显祖、冯梦龙、金圣叹的生涯作了论述。《礼教吃人》（1957）、《水浒传的解释》（1954）、《龙泽马琴与水浒传》（1953）这三篇文章着重论述了李贽的反理学思想和"童心说"，以及金圣叹的文学思想。他欣赏李贽反礼教的思想，认为金圣叹的思想中有和李贽"童心说"相同之处，都崇尚个性的自由。

关于清代的文学理论，目加田诚写过《李渔的戏曲理论》（1951）。在这篇文章中，目加田诚对李渔的戏曲理论和《十种曲》作了介绍，其中谈到了日本江户时代读本小说与李渔的事实影响关系。此外他还写有《王国维的〈红楼梦评论〉和〈人间词话〉》（1937）一文，文章展示出目加田诚对中国古代文学评论方法的强烈关心。

值得注意的是，目加田诚对上述内容进行研究时虽然各有侧重，但在论述时都不可避免地谈到了李贽、金圣叹、李渔文学创作的自然性。阳明后学特别是李贽、金圣叹的以纯真本心为质的文学理念、李渔戏曲的情理自然性，它们在情感的自然与真实表达这一点上都是共通的。目加田诚欣赏自然的文学，所以会对这点特别关注。

第一节　明代反理学的文学理论

目加田诚关于明代文学及文学理论的研究并不多，但在相关文章中却都谈到李贽，这固然是因为李贽在反明初以前后七子为代表的复古主义的文艺思潮史中有不可替代的重要性，还因为目加田诚对其反礼教思想产生的强烈共鸣而致。李贽以气为本的自然观，重视小说戏曲等俗文化与学问的大众化等看法，也都与目加田诚自身的观点相吻合。

金圣叹是中国古代小说理论批评发展史上最具贡献的一人。他的《水浒传》点评写于明崇祯年代。1641 年 2 月 15 日，他写了《水浒传》评论的序。这一时期正值李自成、张献忠的农民起义攻陷了洛阳和襄阳，金圣叹在序中明显流露出反对农民起义的思想，反对将《水浒传》冠以"忠义"之名。但他又有着对农民起义的同情。对于这种矛盾思想，目加田诚认为金圣叹不是从支持或反对封建阶级的立场出发来评说《水浒传》的，所以没有贯彻一如的批判精神，金圣叹的点评是出于自由自在、随性率真的本心。目加田诚将评论的重点置于金圣叹个人"反骨"的性格之上，这一方面契合他文学是作者真实内心的表露这一理念；另一方面，也是对 20 世纪 50 年代中国以阶级斗争观念开展的对《水浒传》批评的反拨。

一、李贽的思想和文学理论——反礼教反教条思想下对"童心"的赞美

（一）李贽反礼教反教条的思想

在明末反理学的文艺思潮中，以李贽的思想最为激进。李贽的哲学思想本原出于王阳明心学，同时又以泰州学派为基础发展而来，他认可

人欲，谓"夫私者人之心也，人必有私而后其心乃见，若无私则无心矣"[1]（《德业儒臣后论》），这就说明圣人也同其他人一样有私心。李贽蔑视封建的虚假道学，云"余自幼读圣教不知圣教，尊孔子不知孔夫子何可尊"[2]（《续焚书·圣教小引》），而这点最为传统礼教所不容。顾炎武说："自古以来，小人之无忌惮，而敢于判圣人者，莫甚于李贽。"[3]（《日知录》卷二十《李贽》）其思想中反礼教的鲜明特点可窥见一斑。李贽的反封建专制主义的思想启蒙了后来的黄宗羲、顾炎武、王夫之、戴震、谭嗣同、严复、章炳麟、吴虞等人。他在此思想基础上建立起来的"童心说"的文学理念，也给予公安三袁、汤显祖、冯梦龙、金圣叹等人很大影响。

目加田诚非常欣赏李贽的反礼教、反教条主义的精神。他在年轻时，深受中国五四运动反封建思想的影响，他支持胡适、陈独秀、鲁迅等人关于打破封建礼教的言论，赞同吴虞对孔子思想教条化的批判，称其为反礼教的先行者。而五四反礼教的精神，他认为就可以追溯至明代的李贽身上。目加田诚给予了李贽思想极高的评价，他说：

> 中国近代精神的萌芽出于明代的李卓吾。我们在他身上，看到了不受儒家礼制的拘束、肯定真实的人性、反抗周围的压迫，并与之进行激烈的艰苦奋战的一种精神。[4]

> 李贽将人性从礼教中解放出来，重视人性，提倡人性的复活。他寻求尊重人欲的政治，反对教条主义的政治。他主张人类的平等，倡导不分士庶男女之别。他反对那些拘泥于圣人君子之教，以儒家礼教为盾

1　（明）李贽：《李贽文集》第三卷（张建业编），北京：社会科学文献出版社，2000年版，第626页。

2　（明）李贽：《李贽文集》第一卷（张建业编），北京：社会科学文献出版社，2000年版，第63页。

3　（清）顾炎武著，张京华校释：《日知录校释》下，长沙：岳麓书社，2011年版，第764页。

4　［日］目加田诚：《礼教吃人》，载《目加田诚著作集第四卷·中国文学论考》，第362页。

牌的伪善者。他简直就像要打破周围厚厚的墙壁一般在拼命地斗争。[1]

李贽激进的反礼教精神在王学左派中也是前所未有的。王龙溪尊重良知的自然流露，反对"戒慎恐惧"。他说："乐是心之本体，本是活泼，本是脱洒，本无挂碍系缚"[2]（《答南明汪子问》），即强调人性中有不为环境所碍自由活泼的天性。罗近溪认为普通人和圣人一样拥有"赤子之心"。李贽比他们更进了一步，直接提出烦恼即菩提，率性即自然的观点。与程朱理学存天理去人欲，压制人的日常性情相对，李贽将成圣之道归于日用上，肯定人们的衣食欲求。他在《答邓石阳》中说："穿衣吃饭，即是人伦物理；除却穿衣吃饭，无伦物矣。世间种种皆衣与饭类耳。故举衣与饭而世间种种自然在其中，非衣食之外更有所谓种种绝与百姓不相同者也。"[3]他从吃饭穿衣、人间衣食之欲等琐碎之事来谈，人皆生知，人皆平等，人皆圣佛，这就比前人之说更加彻底。虽然李贽反礼教，但他的思想仍属儒家。他反对的不是孔子学说的本身，而是虚伪的假道学。他说："孔子亦何尝教人之学孔子也哉"[4]（《答耿中丞》），"《六经》《语》《孟》，乃道学之口实，假人之渊薮也"[5]（《童心说》）。他在《答耿司寇》中说道："圣人不责人之必能，是以人人皆可以为圣"[6]，"自耕稼陶渔以至为帝，无非取诸人者"[7]。他认为圣人和普通大众在人性上是一样的，真正的圣人拥有值得赞许的童心，后人将孔孟之说尊为万世之至论，往往是为了借圣人之名而欲立自说，达到一己之利，用意绝非出于真心，人们的政治

1　［日］目加田诚：《礼教吃人》，载《目加田诚著作集第四卷·中国文学论考》，第375页。

2　（明）王龙溪著，（清）道光二年刻本影印《王龙溪先生全集》，台北：华文书局股份有限公司，1970年版，第249页。

3　（明）李贽：《李贽文集》第一卷（张建业编），第4页。

4　同上，第15页。

5　同上，第93页。

6　同上，第28页。

7　同上注。

理想离不开衣食住行，脱离衣食以求人伦，以教条治民的儒学者的行为是谬误的。如此，李贽反对的是固守成规地将孔子之说立为判断是非的唯一标准。李贽肯定人们的内心和诸多的人欲，让人性得到自然显露，提倡众生平等，无疑是进步的思想。

一方面，目加田诚肯定李贽的反封建礼教、追求人性平等自由的进步一面，积极评价他对儒家理学思想的统治地位表示出的怀疑和批判的理性精神。另一方面，他并不欣赏李贽狂狷的性格。目加田诚注意到李贽思想中自由率性的一面，他说："李贽尊重随心的自然举动，认为烦恼即菩提，人间的情欲、酒色财气都是菩提之道，尊重任由性情的'率性'行为。"[1] 但是，对这种无拘无束绝对自由的人生态度，目加田诚是不赞许的。他指出，在明末流行的思想中逐渐产生了一种认识："人们认为只要是自认为正直的事，就可以随心所欲地做任何事。"[2] 针对这种极端的思想，他说："怎样才能拯救这样的想法，我常常思考这个我自身也存在的问题。"[3] 最后他发现，"拯救之法在于承认人与生俱来的欲望，以'忠恕'之心待人，如戴东原在《原善》《孟子字义疏证》中所说的那样，这样才能使他人和自己都能生活下去，并获得'道'，这对我来说是一个非常感兴趣的问题。"[4]

目加田诚对"忠恕"的理解合于他对西方近代人本主义、自由主义的认识。近代主义的内涵是市民社会的自由、平等、独立，西方自由主义的意识形态相信人的善良本质，反对专制政权对个人的控制。在目加田诚看来，自由主义精神不是为所欲为，而是与束缚、拘谨、封闭相对的，包容他者的、真实不虚的人的内在精神。真正的自由主义必须建立在理性的基础之上，对人的个性予以尊重。牟宗三也表达过类似之说，他认为

1　［日］目加田诚：《礼教吃人》，载《目加田诚著作集第四卷·中国文学论考》，第367页。

2　［日］目加田诚：《后记》，同上书，第526页。

3　同上注。

4　同上注。

"Liberalism"译为"自由主义"是不合适的，应译为"宽容主义""宽仁主义""宽忍主义"[1]。牟宗三认为西方的自由主义根本上是一种反对拘禁和封闭的宽容精神，在这点上其实儒家传统的本质与自由主义是相一致的，孔子便是最早表现宽容精神的儒家圣贤。[2]

虽然忠恕属于儒家的伦理范畴，但在宽以待人、推己及人这一点上，它与西方基督宗教的理念是一致的。《圣经·若望福音》记载，众人捉到一个犯奸淫罪的妇人，要将她用石头砸死，耶稣说："你们中间谁没有罪，先向她投石吧。"[3]在基督面前，人人都是罪人，指责评判他人无助于洗脱自身之罪，反而又多了一层妄自尊大之罪，所以要宽恕别人的罪过。戴震思想是儒家的，但他对自由的看法与西方的自由主义思想在尊重人与生俱来的欲望，并对其进行约束这一点上是一致的。李贽说人必有私，戴震同样承认人的欲望天性，他在《孟子字义疏证》中说："人与物同有欲，凡血气之属，皆知怀生畏死，因而趋利避害"[4]，但他又说："人之有欲也，通天下之欲，仁也"[5]，"快己之欲，忘人之欲，则私而不仁"[6]。意思是说个人的欲望是要经过约束的，人的自由并不是无所限制的，要以仁爱之心保护每个人的自由。这就比上述李贽单纯地讲"私者人之心也"之说要辩证得多，说明戴震比李贽对自由有着更深的认识。

目加田诚否定李贽偏激的待人接物之道，而肯定戴震的辩证的自由观，应该是出于上述的原因。另外，我们知道，戴震思想中的自由思想很早就已为人重视了。如章太炎《释戴》、胡适《戴东原的哲学》、梁任公

1　牟宗三：《时代与感受》，载《牟宗三先生全集》第23册，台北：联合报系文化基金会、联经出版事业股份有限公司，2003年版，第40页。

2　同上，第35页。

3　中国天主教教务委员会：《圣经》，南京：南京爱德印刷有限公司，1992年版，第1654页。

4　（清）戴震：《孟子字义疏证》，北京：中华书局，1982年版，第26页。

5　同上，第74页。

6　同上，第75页。

《清代学术概论》、蔡元培《中国伦理学史》都认为戴震的思想是反封建专制主义的思想。胡适对戴震的哲学最为推崇，称戴震的政治哲学"只是'遂民之欲，达民之欲'八个字"[1]，"是宋明理学的根本革命"[2]，"论思想的透辟，气魄的伟大，二百年来，戴东原真成独霸了"[3]。目加田诚对戴震自由思想的肯定，恐怕也与当时这些中国学术界的主流看法不无关联。

（二）主张人心纯真的"童心说"

李贽最具代表性的哲学观与文艺观，是著名的"童心说"。目加田诚这样解释"童心"道：

> 童心就是人与生俱来的纯粹的心灵，不被名闻义理所妨碍的朴素的内心。[4]
>
> 童心就是纯真，最初一念的本心。童心被外界的道理闻见所阻隔，语言就不能从真实的内心发出，政事也缺乏了根基，文章更是不能打动人心。[5]

目加田诚认为李贽的童心说来自罗近溪"赤子之心"说。"赤子之心"一词最早出于《孟子》"大人者，不失其赤子之心者也"[6]（《孟子·离娄章句下》）。东汉赵岐注赤子曰："婴儿也，少小之子"[7]，认为人不失专一未变

1　胡适：《戴东原的哲学》，合肥：安徽教育出版社，1999年版，第142页。

2　同上，第61页。

3　同上，第144页。

4　［日］目加田诚：《文学与人》，载《目加田诚著作集第八卷·中国文学随想集》，第25页。

5　［日］目加田诚：《水浒传的解释》，载《目加田诚著作集第四卷·中国文学论考》，第247页。

6　（宋）朱熹著，王浩整理：《四书集注》，第310页。

7　（汉）赵岐注，（宋）孙奭疏，龚抗云整理：《孟子注疏》，济南：山东画报出版社，2004年版，第220页。

化之心，就是大人。朱熹注赤子之心为"纯一无伪而已"[1]，认为赤子之心是人的本然，然而只有圣人才能不受外界的诱惑保持赤子之心。可见赤子之心最初是带有儒家圣贤意味的一个词，罗近溪赋予了它更宽泛的含义。罗近溪说："我之初生，赤子也。赤子之心，浑然天理，其知不必虑，能不必学"[2]，"天初生我，只是个赤子；赤子之心，浑然天理"[3]。他认为人的赤子之心是不学不虑的状态，是与生俱来的，这就表明并非只有圣人才拥有浑然不变的赤子之心，甚至"愚夫愚妇"也能拥有一颗赤子之心。"童心"一词虽然也同"赤子之心"一样，都有"儿童"初始心灵的纯粹性，但它还多了层任性、嬉戏与放纵的含义。《童心说》曰："龙洞山农叙《西厢》，末语云：'知者勿谓我尚有童心可也。'"[4]龙洞山人唯恐他人说自己有游戏任情的童心，然而李贽却对童心大加赞美。他说："夫童心者，绝假纯真，最初一念之本心也"[5]，"童子者，人之初也；童心者，心之初也"[6]。可见李贽的童心说，非常接近罗近溪的赤子之心说。童心就是真心，童心不仅是纯真的，还是与生俱来的心灵之初的状态。它是与道理、闻见相对的，是儿童的"率性之真"。李贽强调人性的真实无伪和人性的解放，肯定人的本能性情的自然性，反对后天的闻见道理和世间礼教，这是出于忠实于自我真实本心的思想。他的童心说产生的根源即在于此。

目加田诚本身的文学观也受到李贽童心说的深刻影响。童心说肯定人之初的本善，它作为一种文学理论，主旨在于要摆脱后天束缚的种种"闻见道理"，用真心来表现自然美的"至文"。正如李贽在《童心说》中所

1　（汉）赵岐注，（宋）孙奭疏，龚抗云整理：《孟子注疏》，济南：山东画报出版社，2004年版，第220页。

2　方祖猷等编：《罗汝芳集》上册，南京：凤凰出版社，2007年版，第431页。

3　同上，第74页。

4　（明）李贽：《李贽文集》第一卷（张建业编），第91页。

5　同上，第92页。

6　同上注。

说："夫既以闻见道理为心矣，则所言者皆闻见道理之言，非童心自出之言也，言虽工，于我何与？岂非以假人言假言，而事假事文假文乎"[1]，"天下之至文，未有不出于童心焉者也"[2]。这种尊重人的本性之真的看法，正合乎目加田诚文学研究以探索宇宙之真、人类心灵之诚为目的的文学理念。他认为：

> 真的文学是作者胸中有如存在一块芥蒂，不能不将它吐露出来。见景生情，触物感兴，诉心中之不平，感千载之奇，然后发狂大叫，流涕痛哭不能自已。[3]

这正是参照李贽《杂说》的观点而来。李贽曰："胸中有如许无状可怪之事，其喉间有如许欲吐而不敢吐之物，其口头又时时有许多欲语而莫可所以告语之处，蓄极积久，势不能遏。一旦见景生情，触目兴叹"[4]，"诉心中之不平，感数奇于千载"[5]，"发狂大叫，流涕恸哭，不能自止"[6]。目加田诚说过："文学要打动人心，必须描写人类真实的生活。不论是描绘大的社会背景，还是细小的个人生活，都要描写人类的真实。"[7]在文章是作者情感自然真实的表达这点上，目加田诚与李贽的观点毫无疑问是相同的。所以他说："王学左派的学者，彻底贯彻心的绝对性，认为儒家经典只不过是心的记录，从这点来说，不只是儒家经典，佛教和道教经典也是一样，小说戏曲也是如此。"[8]对他来说，所有优秀的文学都一样，都是作者

1　（明）李贽：《李贽文集》第一卷（张建业编），第91页。

2　同上注。

3　［日］目加田诚：《礼教吃人》，载《目加田诚著作集第四卷·中国文学论考》，第370页。

4　（明）李贽：《李贽文集》第一卷（张建业编），第91页。

5　同上注。

6　同上注。

7　［日］目加田诚：《文学与人》，载《目加田诚著作集第八卷·中国文学随想集》，第25页。

8　［日］目加田诚：《礼教吃人》，载《目加田诚著作集第四卷·中国文学论考》，第365页。

真情实感的流露，都表现了心灵之真。他这样说道：

> 礼教束缚压制了人性，李贽憎恶礼教，欲解救人性于其中。在文学
> 上，李贽将以前被蔑视的通俗小说和戏曲，特别是《西厢记》和《水
> 浒传》视为童心的文学，赞赏它们是人情自然的表露，古今之至文。[1]

这样的评价是正确的。李贽反对将圣贤之说视为万世不变的至论，却又在圣人身上发现了童心，他认为圣人读书是为了"护此童心而使之勿失耳"[2]，就是看到了圣人作为人真实的性情。李贽在文学上特别对小说戏曲表现出浓厚的兴趣，也是因为它描写了诸多真实的人性。他在其中寻找作者"性格"的自然流露，这种流露不是作者主观努力要达成的，而完全是性情的自然呈现。李贽在《杂说》中说："《拜月》《西厢》，化工也；《琵琶》，画工也。"[3]画工即人工，相比人工，化工强调自然之美。作者只有内心保持着童真无染的真心，即童心，才可能描绘出内心自然的真实，体现出化工的自然之美。另外，同为俗文学，李贽对戏曲《拜月》《西厢》给予了很高的评价，但却批评了《琵琶记》，除了语言上多画工之法，还因为它内容上有大量粉饰儒家礼教的描写。我们在分析童心说的同时，首先应将其纳入李贽反礼教的思想系统内来看。目加田诚说受到李贽童心说的很大影响，也是基于他反礼教的立场。

（三）关于李贽的《水浒传》评论

李贽《忠义水浒传序》曰："水浒之众，皆大力大贤有忠有义之人可

1　[日]目加田诚：《水浒传的解释》，载《目加田诚著作集第四卷·中国文学论考》，第247页。

2　（明）李贽：《李贽文集》第一卷（张建业编），第92页。

3　同上，第90页。

也。"[1]关于李贽为何在"水浒"之前加"忠义"二字，目加田诚认为："李序特别强调忠义，是因为笔者对当时政府失政的不满。"[2]他指出，李贽"将水浒豪杰们朴素率直的行为视为童心的表现，并与之产生了共鸣"。[3]他说：

> 李卓吾憎恶社会矛盾和上层统治阶级的腐败，托言于《水浒传》的批评，同时他重视童心，以性情的自然发挥为真。出于这种思想，他将豪杰们的率直自然姿态视为真实的人性（其后金圣叹言之曰"天真"）。他肯定性情的自然流露，就认可了水浒强盗们的暴怒行为，将其视为对社会的虚伪发出的正确反抗。[4]

值得注意的是，目加田诚欣赏水浒英雄们的自然性情，性格上的光明磊落、洒脱真实，但他反对恶劣的暴怒行径，对强盗行为本身并不赞许。我们看到，目加田诚对李贽思想中充满着激愤的一面其实是不满的。他说：

> 李贽欲打破虚伪的礼教，发挥人的真实性情，然而他急于一味地追求真实，反而会伤害到周遭的人，也最终导致了伤害自己的结果。对情的重视容易导致放纵的生活态度，社会的伦理规范由此而被无视。在破坏了旧礼教之后，应建设什么样的新模式呢？事实上，在这一点上李贽颇为后世所谓的圣人君子非难。[5]

这样的评价是中肯的。李贽《忠义水浒传序》曰："古之贤圣，不愤

1　（明）李贽：《李贽文集》第一卷（张建业编），第101页。

2　［日］目加田诚：《水浒传的解释》，载《目加田诚著作集第四卷·中国文学论考》，第249页。

3　同上，第247页。

4　［日］目加田诚：《礼教吃人》，载《目加田诚著作集第四卷·中国文学论考》，第371页。

5　同上，第373页。

则不作矣。不愤而作，譬如不寒而颤，不病而呻吟也，虽作何观乎？《水浒传》者，发愤之所作也。"[1]李贽这种"愤而作"的文艺观，完全是由其对礼教的极度愤慨而来。他对假以道德之名压制民意的虚伪社会有着强烈的不满。《忠义水浒传序》中李贽展示出来一种激愤的情绪，这是针对当时的统治者发出的不满，所以在李贽看来，梁山泊一百零八好汉的种种暴行，是出于对这个腐败社会的难以遏制的愤怒，是值得同情和理解的。他肯定梁山好汉们的愤怒之情，而且主张不论什么行为，只要是出于真实的内心，就是值得歌颂的。就如他所说的那样，"每见世人欺天罔人之徒，便欲手刃直取其首，岂特暴哉！纵遭反噬，亦所甘心，虽死不悔，暴何足云"[2]（《焚书·答友人书》）。显然李贽对暴力的使用是认可的。李贽疾恶如仇，但他也分不清暴怒产生的根源，暴怒体现了李贽思想中困惑的一面，即他找不到好的方法来解决他所批判的社会矛盾，只能付诸情绪和暴力。李贽好友焦竑在《李氏焚书序》中就对李贽评价曰："宏甫快口直肠，目空一世，愤激过甚，不顾人有忤者。"[3]李贽性格上的缺点造成其悲剧性的人生结局，然而也成就了其目空一切礼教的狂放姿态，使之成为走在传统中国社会思想解放、人性自由之路上的先行者。我们看到，目加田诚对李贽的评价是一分为二的，即既肯定其反礼教的一面，同时也对其方法论上的无所建树给予了批评，这样的看法是辩证合理的。

二、金圣叹的《水浒传》评论和文学思想——天才的创作和率直天真的点评

目加田诚对金圣叹的评价集中在《龙泽马琴和水浒传》《水浒传的解

1　（明）李贽：《李贽文集》第一卷（张建业编），第101页。

2　同上，第54页。

3　同上，第2页。

释》《阳明学与明代的文艺》这几篇文章中。他认为金圣叹本《水浒传》
表现了很高的文学性，表现了金圣叹"天真"的文学理念。金圣叹率直天
真，憎恶伪善，为针对不义施以的暴力痛快叫好的态度，和李贽同出一
辙，都基于反对礼教束缚，寻求人性解放的思想。

（一）金圣叹本《水浒传》具有很高的文学价值

目加田诚在《水浒传的解释》一文中给予了金圣叹本《水浒传》很高
的评价，他说：

> 金圣叹模仿钟惺、谭元春的《诗归》评语，在文中插入批语，
> 字里行间捕捉作者之意。本来这样的批评方法被称为八股文批语
> 之法，但金圣叹的评论，展示了他驾驭语言卓越的一流的文学鉴
> 赏力……他改动了一些原文，经他之手加工后的文章马上就有了活
> 力……他在读者未曾留意的地方做批语，使人更加感到了《水浒传》
> 的有趣。[1]

可以看出目加田诚十分肯定"腰斩"《水浒传》的七十回金圣叹本《水
浒传》的文学价值。他还认为古本第七十一回以后的《水浒传》（宋江招
安）与之前的部分（各路豪杰汇聚梁山）相比，欠缺精彩，金圣叹将古本
的一百回删至七十回，[2]一是因为从文学表现角度来看，后部分在整部书中
显得多余，二是因为金圣叹认为梁山的一百零八将都是强盗，他不希望看
到强盗招安之后变成忠义之士，所以将古本腰斩。

金圣叹为何腰斩古本，历来学者多有争论。除了艺术角度的考量，还

1　［日］目加田诚：《水浒传的解释》，载《目加田诚著作集第四卷·中国文学论考》，第
249页。

2　施耐庵《水浒传》原本未见于世，明代刊本有一百回和一百二十回两种。

有人认为金圣叹出于思想上对农民起义的仇视，所以将英雄斩尽杀绝。这种观点最早可以追溯至鲁迅，鲁迅曾说："圣叹以为用强盗来平外寇，是靠不住的，所以他不愿听宋江立功的谣言"[1]，"梦想有一个'嵇叔夜'来杀尽宋江们，也就昏庸得可以"[2]（《谈金圣叹》）。目加田诚的看法也没有脱离鲁迅见解的影响，他认为在金圣叹看来，"将这些曾经的盗贼招安于朝廷之中，让他们建功立业，简直就是有损朝廷威信，盗贼会更猖獗，治天下之术尽失。所以他在后半部分招安以后戛然而止，在第七十一回将梁山好汉在梦里一并斩杀"[3]。目加田诚受到中国 20 世纪 50 年代评论《水浒传》，特别是郭沫若《甲申三百年祭》的影响，对农民运动抱有同情，认为"金圣叹看到明末李自成的起义，没有从农民运动的意义来思考它。他首先担心的是世道秩序的混乱，考虑到当时他所处的历史时代，他的思想不是不合理的"[4]。但他没有过多地纠缠于从阶级斗争的角度对金圣叹予以指责，而是赞赏金圣叹有着文学鉴赏力，对腰斩《水浒传》给予了艺术创作上的充分肯定。这便与鲁迅认为《水浒传》"成了短尾巴蜻蜓"（《谈金圣叹》）的观点有着明显不同。今天来看，金圣叹将《水浒传》后半部分视为"恶札"割弃，的确有助于文学结构上的完整，目加田诚的评价是对的。金圣叹自己也认为罗贯中续写的后部分是狗尾续貂，如在第七十回批语中就说："笑杀罗贯中横添狗尾，徒见其丑也。"[5]他在将《水浒传》第七十回题为"忠义堂石碣受天文，梁山泊英雄经恶梦"，并说："一部书七十回，可谓大铺排。此一回，可谓大结束。读之正如千里群龙，一齐入海，更无丝

---

1 鲁迅：《鲁迅全集》第八卷，北京：人民文学出版社，1981年版，第338页。

2 同上，第121页。

3 ［日］目加田诚：《水浒传的解释》，载《目加田诚著作集第四卷·中国文学论考》，第250页。

4 同上，第254页。

5 （清）金圣叹著，曹方人、周锡山标点：《金圣叹全集》第二卷，南京：凤凰出版社，2008年版，第514页。

毫未了之憾。"[1] 故事情节逐步发展至高潮,却戛然而止,带给读者的震撼和感动是无以复加的。从作品结构和文章表现上来看,金圣叹的腰斩不无道理,这也是金本《水浒传》压倒其他版本在世间广为流传的一个重要原因。

(二)金圣叹的矛盾思想

目加田诚认为金圣叹的思想中充满矛盾。他指出金圣叹批语中最大的矛盾表现在对著书主旨的认识上。他说:

> 一方面他在读批《水浒传》中说:"大凡读书,先要晓得作书之人是何心胸。《史记》须是太史公一肚皮宿怨发挥出来……一部《史记》,只是'缓急人所时有'六个字,是他一生著书旨意。《水浒传》却不然。施耐庵本无一肚皮宿怨要发挥出来,只是饱暖无事,又值心闲,不免伸纸弄笔,寻个题目,写出自家许多锦心绣口,故其是非皆不谬于圣人。"这与李贽所说的,对时局激愤,托水浒忠义之士泄其愤而著书相对……而另一方面,他又在《水浒传》第一回批语中说:"为此书者,吾则不知其胸中有何等冤苦而为如此设言。"[2]

另外,目加田诚还指出《水浒传》中的文笔也有许多矛盾之处。如"有时说一人忠义,后又称其为贼。说其人是贼,后又改口称其是被情况所迫不得已。首领宋江是杰出的人,又是品质低下之人。粗暴之人又是天真烂漫之人。"[3]

1　[日]目加田诚:《水浒传的解释》,载《目加田诚著作集第四卷·中国文学论考》,第254页。

2　同上,第253页。

3　同上,第254页。

　　这样的指摘是正确的。虽然一百零八将"其人不出绿林，其事不出劫杀"[1]（《序三》），但他们所表现出的豪爽天真的性格却令众多读者喜爱。我们甚至可以说金圣叹客观上歌颂了农民起义，这或许可以称之为他思想二律背反的一面吧。

　　虽然目加田诚认为"这种矛盾说法是他批语的有趣特色，也是他文章的魅力"[2]，但他认为其中有金圣叹思想深层的原因，那就是"反骨"。他认为正是金圣叹拥有的反骨性格，才令其在不允许强盗行为的同时，"一边又对豪杰们的直接行动在心里大喊快哉"[3]。他指出："《水浒传》的批评是他的反骨而致。反骨也最终令他奔赴刑场。"[4]那么什么是反骨呢？目加田诚这样解释说：

　　　　它是面对权威、面对礼教、面对平凡愚劣的人生，人的不受压制的、破坏的情绪。它又与不为任何事物所束缚、发扬自我、高举自我之心相通。[5]

　　他认为这种反骨的性格是促成金圣叹写文学批评的原因，"金圣叹发挥自己的才能，眩惑读者之眼，他追求自由自在的心灵的驰骋，痛快淋漓地进行着文学批评"[6]。

　　目加田诚所说的"反骨"，实际上就是一种反抗各种思想禁锢的自由精神。金圣叹的文艺点评，是他随性天真的自由意识驱使下的产物，并非

1　（清）金圣叹：《贯华堂第五才子书水浒传》（周锡山编校），沈阳：万卷出版公司，2009年版，第8页。

2　［日］目加田诚：《水浒传的解释》，载《目加田诚著作集第四卷·中国文学论考》，第253页。

3　同上注。

4　同上，第255页。

5　同上注。

6　同上注。

谈经论道的表述。他的点评最初不是出于什么阶级意识或反封建的目的，但在点评的过程中，难免会由此及彼地体察书中的人情世故，比较当下时局与书中的异同，流露出对当政者的意见。实际上金圣叹对农民运动并没有清楚的认识。目加田诚也说："他认为水浒一百零八将在这个世上很难生存。而且，在当世不得意的他，憎恶当路者，对权势者抱有反感，在听到各地农民起义，杀伤败坏的衙役时，反而心中会觉得痛快不已。"[1] 正如目加田诚所说，金圣叹的思想是矛盾的，他既对统治阶级的虚伪利己不满，又反对以下犯上的农民的反抗行为。既反对残暴的行为，又歌颂充满天真快意的人性。我们从他的人生境遇就可以看到这种矛盾性。王应奎《柳南随笔》称金圣叹"少年以诸生为游戏具，补而旋弃，弃而旋补，以故为郡县生不常"[2]，其行为"多不轨于正"[3]，为儒家封建道统所不容。然而我们从"哭庙"事件中又可看出他的儒家积极用世的思想。顺治十八年，吴县书生为了抗议贪污自盗公粮的县令任维初而组织游行，包括金圣叹在内的百余名秀才前往孔庙哭庙表达不满，金圣叹最终以聚众倡乱罪而被斩首。这种矛盾性也从一方面印证了金圣叹率性自由的性格。金圣叹写过《法华三昧》《涅槃讲声私钞》等佛学著作，还喜读《庄子》，并将《庄子》作为他评点"六才子书"的第一部。金圣叹的博学并没有使其在学问上或思想派系上自成一家，但他率真的性格却令其自由地开展喜爱的点评事业。他在点评中嬉笑怒骂，向我们展示了他天才般的批评家的眼光。

　　关于金圣叹的点评事业，目加田诚有这样的评价：

1　［日］目加田诚：《水浒传的解释》，载《目加田诚著作集第四卷·中国文学论考》，第255页。

2　（清）王应奎撰，王彬、严英俊点校：《柳南随笔续笔》，北京：中华书局，1983年版，第46页。

3　同上，第46页。

　　在金圣叹的《水浒传》批语、《西厢记》批语，以及另外一些文章中，根本表现的是庄子的虚无思想。他喜欢反说《庄子》言论，或玩弄佛典的玄妙之语。对他而言，《水浒传》或《西厢记》的点评，是人生的又一消遣之法。[1]

　　"消遣之法"的说法原本出于金圣叹。他在点评《西厢记》时曾这样评价自己的点评事业："夫我之恸哭古人，则非恸哭古人，此又一我之消遣法也"[2]，目加田诚的见解显然是对金圣叹说法的全然接受。然而，目加田诚在这里忽视了金圣叹的精神思想对其文学创作和评论产生的影响，将文学批评笼统地归于作者的随性消遣之法，又未免过于简单。我们知道，李贽、袁枚、金圣叹以童心、性灵、天真为说，这些看法都是在当时尊重个性、人性解放的思想潮流中孕育而出的。一方面他们反礼教，另一方面又积极奉行儒家入世的思想，儒释道思想在他们身上相互融合，此消彼长地共存于一体，使得其思想呈现出复杂矛盾的多面性。在这种复杂的思想感情驱使下写就的文字一定带有作者内心对事物的价值判断。金圣叹讲的消遣法，是发生在《西厢记》的点评中，才子佳人的故事或许可以成一时之消遣，但《水浒传》讲的是乱世中被统治者和统治者两个集团之间发生的事，其中有诸多人物和人物关系，种种社会现象和斗争，小说场面宏大，叙事复杂，若说某一情节的点评是消遣，也很难说整部书仅仅是以文字游戏形式作评以慰闲心。金圣叹一方面讲自己是消遣写作，一方面又在《西厢记·惊艳》的批语中说："巧借古之人之事以自传，道其胸中若干日月以来，七曲八曲之委折乎"[3]，说明他还是想借文学以讽刺时事，这是他

1　［日］目加田诚：《水浒传的解释》，载《目加田诚著作集第四卷·中国文学论考》，第255页。

2　（清）金圣叹：《贯华堂第六才子书西厢记》（周锡山编校），沈阳：万卷出版公司，2009年版，第5页。

3　同上，第49页。

思想矛盾的体现。金圣叹虽然在文学理论方面继承了李贽的童心说概念，但他对传统圣人学说的态度和李贽并不相同。李贽对虚假道学和礼学的批评是无情的，金圣叹虽然性格狂狷，但他没有李贽那样对当政者很深的宿怨。比如在他53岁时，曾作《春感八首》，感激顺治皇帝赏识他批的才子书，这便体现出他的忠君思想。所以他的批评没有达到李贽那样深刻的程度，是可以理解的。他在《水浒传》点评中就常表现出维护封建统治阶层的一面。如他一面称水浒众人是"不得已而尽入于水泊"[1]（《贯华堂批第五才子书水浒传》第二回评），另一面又称一百零八将是犯上作乱，"后世不知何等好乱之徒，乃谬加以'忠义'之目"[2]（《贯华堂批第五才子书水浒传》序二），还对李贽冠以《水浒传》"忠义"之名提出了批评。

（三）金圣叹的"天真"观

目加田诚认为，在金圣叹笔下，梁山泊的一百零八将，都是"天真烂漫"之人，符合他的"天真"观理念。他还进一步指出："李卓吾、袁中郎、金圣叹，都喜爱童心、性灵、天真的发挥。他们的思想是沿着个性的尊重、人性的解放这一当时思想界的风潮而行的。"[3]他这样说道：

> 金圣叹将粗暴的李逵形容为"天真烂漫"，评其为天下第一等人物，将宋江形容为口是心非、笼络部下、一心想保持自己首领地位的下等恶人。他还对李逵、武松、鲁智深、林冲等人赞赏有加，认为他们有着率真的行为，自由展示着自己的个性。这些评价与李卓吾的童心说是一致的，只不过将"童心"换成了"天真"。[4]

1　（清）金圣叹：《贯华堂第六才子书西厢记》（周锡山编校），第57页。

2　同上，第5页。

3　［日］目加田诚：《水浒传的解释》，载《目加田诚著作集第四卷·中国文学论考》，第256页。

4　［日］目加田诚：《阳明学与明代的文艺》，同上书，第487—488页。

　　目加田诚以明末思想界尚自然的潮流为主线，将李贽、金圣叹的文学理论贯穿在这条线索之上，并对此表示出积极的关注，这是因为他自身的文学观也与这条线索有重合之处。在他的文学理念中，真诚是文学创作的第一要素。金圣叹的"天真观"就是坦荡真诚的。金圣叹在《与家伯文昌》中说："诗非异物，只是人人心头舌尖所万不获已，必欲说出一句真话耳"[1]，"作诗须说其心中之所诚然者，须说其心中之同然者。说心中之所诚然，故能应笔滴泪。说心中之所同然，故能使读我诗者应声滴泪也"[2]。这些论述就表明文学创作中真与诚的重要性。金圣叹在点评中多次称李逵"小儿""稚子声口""真人中之宝也"，说李逵是"上上人物，写得真是一片天真烂漫到底"[3]。与这些天真之人相对，宋江是梁山好汉中唯一的伪善者，就因为他性格曲委，不是天真之人。金圣叹在《水浒传》点评中，好用"性格"一词，他的性格就是强烈奔放的，所以会首先与被描述人物的天真烂漫的性格产生共鸣，一百零八将虽然是盗贼，但最吸引金圣叹的还是文中对他们天真朴实性格的描写。

　　另外，目加田诚在《水浒传的解释》一文中指出："金圣叹的文学批评无关阶级斗争，也不是要拥护封建思想。"[4]这篇文章作于1954年，是针对20世纪50年代中国社会愈演愈烈的以阶级斗争为纲评论《水浒传》的现象而写就的。文章提到了胡适、日本学者辛岛骁、鲁迅、何满子等人的研究。胡适在1916年写了《水浒传考证》，认为金圣叹在崇祯十四年点评《水浒传》，是对张献忠、李自成等危害社稷的强盗之徒进行的笔诛。辛岛骁在《金圣叹的生平及其文艺批评》（1927）一文中指出，金圣叹同情庶民，愤慨于社会的不公正，为一百零八将流下热泪。鲁迅在《谈金圣叹》

1　（清）金圣叹著，曹方人、周锡山标点：《金圣叹全集》第四卷，第39页。

2　同上，第47页。

3　（清）金圣叹：《贯华堂第五才子书水浒传》（周锡山编校），第17页。

4　［日］目加田诚：《水浒传的解释》，载《目加田诚著作集第四卷·中国文学论考》，第253页。

（1933）一文中指出，金圣叹的思想近于官绅。1954 年何满子在《论金圣叹评改水浒传》中称金圣叹完全是封建统治阶级的代言人，是反动的，是背离水浒精神的。针对以上这些评论，目加田诚一一评价道：胡适没有了解到李自成起义的积极的历史意义；辛岛骁的看法限于伤感；鲁迅的看法影响到了何满子，但以现在的立场责备三百年前的读书人不免有些操之为过。[1] 目加田诚的这些看法向我们表明，后人对先人的解读容易带有现代价值评判标准的有色眼镜，只有还原至作品产生的年代，在作品的字里行间努力了解作者本人的思想感情，才会避免陷入自说自话的境地，才能真正于文学研究有益。他也正是这样，在自己的文学研究中，尽量做到不为时代环境所左右，努力地保持着一颗客观公正的文艺之心。

第二节　李渔的戏曲理论

1950 年，九州大学为了欢迎折口信夫来校作演讲，专门开设了"戏剧讲演会"，折口信夫作了"女形（笔者按：歌舞伎男扮女装者）的产生"、德语教授国松孝二作了关于歌德戏曲、目加田诚作了关于李渔戏曲的演讲。后来目加田诚将演讲整理为《李笠翁的戏曲》一文，发表在 1950 年日本《文学研究》第三十九辑上。这篇文章主要就李渔的戏曲理论、李渔的戏曲创作等方面作了详细的论述。目加田诚给予了李渔以很高的评价，他说："在中国戏剧理论史上，李渔的戏剧理论显示了更高一段的进步。"[2] 国内学者一般熟悉日本学者冈晴夫等人的李渔研究，却极少有人注意到

1　［日］目加田诚：《水浒传的解释》，载《目加田诚著作集第四卷·中国文学论考》，第 251—252 页。

2　［日］目加田诚：《李笠翁的戏曲》，载《目加田诚著作集第四卷·中国文学论考》，第 152 页。

七十多年前目加田诚的这篇针对李渔的专项论文。这篇文章的一些观点，如日本江户时代戏作文学和李渔戏曲的关系，在今天看来仍是颇有见地的。但不可否认，他的这篇文章还是以介绍性的论述为主，没有太多的理论阐述。这或许是因为当时日本学术界不太重视李渔的戏曲，目加田诚欲以此文唤起人们对李渔的关注，所以论述便显得较为平易。

实际上日本很早就有李渔研究了。早在 1897 年 4 月，笹川种郎（又名笹川临风）就在《江湖文学》上发表了《李笠翁的戏曲论》。同年 6 月，东京东华堂出版了他的《支那小说戏曲小史》，他在该书第四篇"清朝"部分专列了"李笠翁"一章。1904 年 11 月，大日本图书出版社又出版了他的《支那文学大纲卷之三·李笠翁》。该书设"清朝学界的趋势""笠翁的一生及人物""十种曲及十二楼""笠翁的戏曲论""笠翁的才人的技能"五章，对李渔的生平和文学创作、戏曲理论等作了论述，这部书可以称为日本最早的关于戏曲作家的专门研究。1898 年，东京博文馆出版了笹川种郎的《支那文学史》，书中将中国文学分为九期，在第九期的"清朝文学"中，有"小说和戏曲及批评"一章，其中有对李渔戏曲的论述。1930 年，青木正儿《支那近世戏曲史》问世，该书在第十章"昆曲极盛时代（后期）之戏曲（自明天启至清康熙初年）"的第三节"其他诸家"中，列有"李渔"一条。除此之外，一些文学史书籍中也有关于李渔的说明，如久保天随的《支那文学史》（1903）。但这些研究大都止于宽泛的介绍性描述，并没有作深入的讨论。冈晴夫是近二十年在李渔研究方面多有建树的日本学者。他的很多文章都被翻译成了中文，如《李渔的戏曲与歌舞伎》（1987）、《明清戏曲界中的李渔之特异性》（1998）等。平松圭子也写过《关于李渔的十种曲》一文，载于台北天一出版社 1984 年出版的《李渔传记资料（六）》中。但日本在 20 世纪 40 年代以前，关于李渔细致周到的研究并不多见。中国方面，新中国成立前关于李渔研究的代表性文章有朱湘《批评家李笠翁》（1925）、胡梦华《文学批评家李笠翁》（1927）、朱东润《李渔戏剧论综述》（1934）等。一些专著如方孝岳《中国文学批评》（1934）、朱东润《中国文学批评史大纲》（1944）中也有对李渔作品和理论的概说。目加田诚当时对李渔予以关注，应是受到来自中国学者的影响。

目加田诚在戏曲方面的研究成果不多，在他的全集中，只有《李笠翁的戏曲》和《曹禺的戏曲》两篇文章。之所以在古代戏曲家中选择李渔为研究对象，首先因为李渔是古代戏曲理论集大成者，目加田诚曾说过："明曲中优美的剧目只有汤显祖的《牡丹亭·还魂》，明末阮大铖的戏曲也有一些有趣的趣向，但若论戏曲的专家，只有明末清初的李渔。"[1]另外恐怕也与目加田诚欣赏李渔的大众兴趣本位意识有关。目加田诚的学问是面向大众的，他在读李渔的戏曲理论时便能引起更多的共鸣。

一、关于《闲情偶寄》——李渔的大众兴趣本位思想

（一）《闲情偶寄》中的"词曲部"

《闲情偶寄》"词曲部"论述的是戏曲的作成方法，李渔的绝大多数文学理论都集中在此。在"词曲部上""结构第一"目中，李渔细致地提出了戒讽刺、立主脑、脱窠臼、密针线、减头绪、戒荒唐、审虚实的要求。目加田诚对这些要求逐一解释说："戒讽刺"是作者不能借戏曲来讥讽他人或泄私愤，要以忠厚之心进行戏曲创作；"立主脑"要求明确戏曲的焦点，剧中无论多少人物出现，从始至终都要以一人为中心，一人身上有诸多事件发生，结局仍应以一件事为主；"脱窠臼"是指去腐求新；"密针线"是指剧情设计要注意埋伏照应，脉络相连，不能前后矛盾、唐突，要有紧密的构成；"减头绪"是指保持故事情节的一贯性，避免散漫；"戒荒唐"与"脱窠臼"有关，即在求新的过程中，不要以情节的荒诞无稽来吸引人，要在日常耳目前求新；"审虚实"是指要正确处理虚构和事实的关

1　［日］目加田诚：《后记》，载《目加田诚著作集第四卷·中国文学论考》，第524页。

系。目加田诚还指出，"立主脑"对于戏剧来说非常重要，它与"减头绪"都是戏曲结构的关键。"脱窠臼"与"戒荒唐"这两点体现了李渔的俗文学观念。在李渔看来，世界上新奇的大事件并不多见，普通的人生和人情中也有说不尽的不可思议之处，人们的日常生活中就包含着无穷的变化，"脱窠臼"和"戒荒唐"实际体现着李渔对于戏曲的现实性和合理性的认知，"戒荒唐"其实是李渔"尚自然"的思想体现。[1]这些均是正确的评价。

"词曲部下"专设了音律、宾白、科诨几目，它们集中反映了李渔对于戏曲说唱两要素的看法。目加田诚对其评论大致如下。

第一，宾白。

目加田诚给予了李渔宾白理论以很高的评价。他认为李渔注意到了科白（宾白）的生动性是他的卓识远见。他说："（李渔作品中的宾白）非常洗练，名句频出，读之便觉台词之妙。宾白是李渔作为一个剧作家，给予中国戏曲的重要提醒。"[2]他指出，在李渔之前中国传统的戏曲是"歌剧"[3]，即重视音乐与演唱，往往最不用心、最容易露出破绽的就是音律之外的结构和宾白。"在流传于世的元曲版本中，有的只载有唱词而没有白。"[4]

目加田诚对元曲的指摘是正确的，在李渔之前，当时的演员对于唱之外的说，是持非常自由的态度。与元杂剧宾白每折不过数言的情况相比，李渔对宾白的重视程度是前所未有的，用他的话说是："传奇中宾白之繁，实自予始。"[5]他说："故知宾白一道，当与曲文等视，有最得意之曲文，即

1　［日］目加田诚：《李笠翁的戏曲》，载《目加田诚著作集第四卷·中国文学论考》，第147—148页。

2　同上，第150页。

3　同上，第149页。

4　同上注。

5　（清）李渔：《李渔全集》第三卷，杭州：浙江古籍出版社，1991年版，第48页。

当有最得意之宾白"[1]，这就将宾白提至与曲文相同的地位。"宾白"，顾名思义，白乃其宾，但李渔将白反客为主，在作品中大量使用，究其原因，李渔解释说："《琵琶》《西厢》《荆》《刘》《拜》《杀》等曲，家弦户诵已久，童叟男妇，皆能备悉情由，即使一句宾白不道，止唱曲文，观者亦能默会，是其宾白繁减可不问也。至于新演一剧，其间情事，观者茫然；词曲一道，止能传声，不能传情，欲观者悉其颠末，洞其幽微，单靠宾白一着。"[2]这说明李渔之所以将宾白写得很详细，一是出于有助于观众理解剧情的考虑，二是如果脱离了书面的宾白指导，任由演员发挥，就不能保证增加的部分观众都能看懂。李渔认为如果宾白运用得恰到好处，是对整部剧是有益无害的。宾白虽可微长，但不应流于散漫。他的戏曲作品就做到了"宾白当文章做，字字俱费推敲"[3]。

在对宾白进行讨论时，目加田诚提出了一个假设："《桃花扇》的作者孔尚任或许受到李渔重宾白的思想影响。"[4]他的依据是："（孔尚任主张）戏曲结构中要主脑明确，演员必须一字一句地遵照作者书写的宾白表演，这些见解同李渔是完全一致的。"[5]我们知道，孔尚任的戏曲理论集中在《桃花扇·凡例》中，一些言论主旨的确与《闲情偶寄》有重合之处。如李渔"人惟求旧，物惟求新"[6]（《脱窠臼》）、"当以板腐为戒"[7]（《重机趣》）等看法；孔尚任《桃花扇·凡例》中也有相似的言论："词必新警，

1　（清）李渔：《李渔全集》第三卷，杭州：浙江古籍出版社，1991年版，第44页。

2　同上，第49页。

3　同上，第48页。

4　［日］目加田诚：《李笠翁的戏曲》，载《目加田诚著作集第四卷·中国文学论考》，第150页。

5　同上注。

6　（清）李渔：《李渔全集》第三卷，第9页。

7　同上，第20页。

不袭人牙后一字"[1]"化腐为新，易板为活"[2]。戴不凡先生曾在《〈桃花扇〉笔法杂书》一文的附记中对两者的关系作了对照性的说明，他说："如果说李笠翁是从理论上总结了前人的编剧经验，那么，孔尚任事实上是在实践中，在剧作中，对前人的编剧方法作了一次'总结'。"[3]但他也没有就二者的直接联系深入下去。我们虽然可以做《桃花扇·凡例》与《闲情偶寄》在词汇上的相似比较研究，然而终究缺少直接的史料证明前者受到了后者的影响，目加田诚提出的这一问题确实难以解答，目前只能停留在假设的阶段。

关于李渔和孔尚任，1962年5月29日《光明日报》刊登了刘知渐《从李渔、孔尚任对历史剧的看法说起》一文，这是国内比较早的论及两者关系的文章。目加田诚1950年对两者戏曲理念相似性进行的言说，应该也是李渔戏曲理论研究史上较早的了。

第二，科诨。

目加田诚注意到李渔对科诨的重视，他说：

> 中国的戏曲设立丑角，每个曲目中都有其存在……不论男女丑角，都是以滑稽的化装和说唱引人发笑的，这便很容易滑向庸俗。李渔注意到这一点，提出不可过于淫亵和俗恶的要求。不仅净、丑有科诨，生、旦、外、末都有科诨，各个角色的幽默都是必要的。即符合角色的幽默是必要的，要做到雅中有俗，俗中有雅。[4]

1　（清）孔尚任：《孔尚任全集辑校注评》（徐振贵主编），济南：齐鲁出版社，2004年版，第26页。

2　同上，第27页。

3　戴不凡：《〈桃花扇〉笔法杂书》，载《剧本》1959年第9期，第99页。

4　［日］目加田诚：《李笠翁的戏曲》，载《目加田诚著作集第四卷·中国文学论考》，第150页。

他的评价是正确的，重视科诨也是李渔在戏曲理论史上新的创见。在李渔之前，科诨被视为文辞末技，正是李渔给予了科诨全新的定义。他说："插科打诨，填词之末技也，然欲雅俗同欢，智愚共赏，则当全在此处留神。文字佳，情节佳，而科诨不佳，非特俗人怕看，即雅人韵士，亦有瞌睡之时"[1]，"则科诨非科诨，乃看戏之人参汤也。养精益神，使人不倦，全在于此，可作小道观乎"[2]。李渔强调，没有科诨之剧就吸引不了观众的注意，科诨在剧中的作用实在如同"人参汤"一样重要，是迅速提升观众关注剧情的一个方便法门。幽默在戏剧中的作用很关键，它可以将剧的趣旨更富于印象性地表达出来，当然，幽默要表现得自然，刻意的诙谐只能令观众不快，是达不到幽默的效果的。

第三，格局。

目加田诚认为李渔在"格局"目中提出的家门、冲场、出脚色、小收煞、大收煞，就是指一部戏的固定格局，这一改前代戏曲的拖沓之风。他这样评价李渔之前的戏曲格局：

> 在中国戏曲中，剧中的场面配置和组织方面有固定的格式。元曲的一出剧固定为四幕，明以后逐渐增为三十幕、四十幕。这是因为中国戏曲不用背景，不用拉幕，每场戏都可以连续演出，故而有愈演愈长之势。[3]

目加田诚具体分析道，"家门"即一部戏开场前的出场数语。剧首最先由末角出场，唱以短歌来明示剧之主旨，这虽是形式，但往往能见作者功底的深浅。"冲场"是曲目的第二折，逐步引向故事的主题。在这一阶

1　（清）李渔：《李渔全集》第三卷，第55页。

2　同上注。

3　［日］目加田诚：《李笠翁的戏曲》，载《目加田诚著作集第四卷·中国文学论考》，第151页。

段，主角出场，先唱，再诵以诗句或对句，之后是叙述自身经历或抒发感慨，所以在接下来的出脚色中，配角的出现就显得很晚了。但如果不按这样的顺序进行的话，观众就不会明白谁是主要人物，谁是次要人物。对于"小收煞"，明代以来的戏曲都分为上下二卷，一般分两日演出，甚至有的剧有三卷之多，所以在上卷末需要设立一个故事的小高潮，小收煞是合理的设置。剧的最后结尾是"大收煞"，李渔创作的戏曲都是大团圆的喜剧。关于"大收煞"的喜剧结尾，他指出："李渔总是以大团圆的结局让观众高兴、追逐眼前的趣味，这也让他受到低贱卑俗的非难。"[1]可见，目加田诚并不欣赏李渔在大收煞中皆大欢喜的编排，而对于家门、冲场、出脚色、小收煞的戏曲理论，他都给予了积极的评价。

上述目加田诚的分析是到位的。但他没有注意到，在"出脚色"一条，实际上李渔已经注意到了各种角色的出场不宜太迟，李渔说过各类角色："虽不定在一出二出，然不得出四五折之后。"[2]主要角色后出，观众反会认为先出的是主，其余的为客。角色的过于后出，无益于情节建树，反而有节外生枝之感。

（二）李渔的大众兴趣本位思想

首先，从重视戏曲结构的角度来看，目加田诚认为《闲情偶寄》重视戏曲结构的理论，体现了李渔的大众兴趣本位思想。他说：

> 中国的戏曲，全部以唱为主，作者首先要具备的能力是赋予歌词以文采，这便使得结构和科白很容易露出破绽。在这一点上，李渔则将戏曲的结构置于最重要的位置来首先论述。这是因为他总是以大众

1　［日］目加田诚：《李笠翁的戏曲》，载《目加田诚著作集第四卷·中国文学论考》，第152页。

2　（清）李渔：《李渔全集》第三卷，第62页。

兴趣本位为主。[1]

这是合理的看法。《闲情偶寄》设"词曲""演习""声容""居室""器玩""饮馔""种植""颐养"等八部，词曲部又分为"结构""辞采""音律""宾白""科诨""格局"几目。在这几目中，李渔首先进行论述的就是"结构"。李渔将"结构"置于戏曲创作要求之首，体现了他对戏曲观赏效果的重视，说明他是以观众的兴趣为出发点进行创作的。考虑到中国的戏曲历来都是以唱为主，作者在文字的辞采上用心经营的同时往往忽视了剧情结构，李渔对戏曲结构的重视无疑是进步的。

目加田诚不喜欢李渔的小说，认为《十二楼》"品格庸俗"[2]，但他十分肯定李渔戏曲的创作，将李渔提至俗文化的领军人物来看待。他称李渔的《十种曲》均是"凝聚着新奇趣向的喜剧"[3]。有意思的是，他的这种看法与青木正儿形成了鲜明的对比。青木正儿对李渔的评价并不高，认为李渔"诸作概为轻佻之滑稽剧或风情剧，遂不免肤浅之讥，目之为'平俗'者，盖古来之定评也"[4]。比如，他在评价《风筝误》这部戏时，说其"此剧以喜剧而言，则滑稽趣味不足；以风情剧而言，情味缺乏。此不过为一种滑稽扰乱之风情剧，遂堕恶趣焉"[5]。《奈何天》这部戏被青木正儿评价为李渔戏曲中的"代表杰作"[6]，但即使是这样的一部"上乘"之戏，也难免落得他"曲白弄露骨之鄙猥语，较《风筝误》更甚，可厌！可厌！"[7]的无情

1　〔日〕目加田诚：《李笠翁的戏曲》，载《目加田诚著作集第四卷·中国文学论考》，第147页。

2　〔日〕目加田诚：《后记》，载《目加田诚著作集第四卷·中国文学论考》，第524页。

3　同上注。

4　〔日〕青木正儿：《中国近世戏曲史》，王古鲁译，北京：作家出版社，1958年版，第334页。

5　同上，第337页。

6　同上注。

7　〔日〕青木正儿：《中国近世戏曲史》，王古鲁译，第339页。

批语。青木正儿从曲辞的"淫亵"和"俗恶"两方面否定了李渔戏曲的低级趣味，目加田诚虽然也曾指出《奈何天》的整体品格不高，但他的关注点没有局限于曲辞的露骨秽亵方面，而是看到了李渔戏曲的结构和情节设定的进步性。如他评价《风筝误》时指出，"文辞以阮大铖一方更美，戏曲构成则以李渔一方更利落"[1]。青木正儿说李渔的曲辞"有损雅意"[2]，但目加田诚更多地欣赏语言的本色与坦然而出，对李渔曲辞语言的低俗不置可否，这说明他对李渔戏曲的大众本色特点是给予充分肯定的。正如上文指出的，目加田诚认为明曲十分散漫。相比杂沓冗长、易在故事的编排上现出纰漏的明代戏曲，李渔对结构的改革是值得赞许的，在这一点上，目加田诚表现出了比青木正儿更深入的认识。

其次，目加田诚认为李渔站在大众欣赏的角度，创作出了与前代风格迥然不同的戏曲作品。这种不同于前代的风格，就体现为以大众兴趣为本位的创作思想。他说：

> 李渔并不深刻挖掘人们的心理，而是在平常的事情上追求更加有趣的趣向，施以很多的技巧来描述这些新奇的趣向。这也成为他是彻底的大众作家的证据。[3]
>
> 正如他所说的戒荒唐一样，他的戏曲不追求表现事件或人物的变幻怪异，主人公也不是什么英雄伟人。李渔在普通人的生活中发现新奇的要素，在平凡的生活中寻求新奇，这样的新奇才不至被人腻烦。[4]

1　［日］目加田诚：《李笠翁的戏曲》，载《目加田诚著作集第四卷·中国文学论考》，第153页。

2　［日］青木正儿：《中国近世戏曲史》，王古鲁译，第337页。

3　［日］目加田诚：《李笠翁的戏曲》，载《目加田诚著作集第四卷·中国文学论考》，第148页。

4　同上，第159页。

从取悦观众、考虑观众的接受程度角度讲，李渔的确如目加田诚所说，是一位"大众作家"。他善用新奇的故事情节来表现日常生活，其戏曲有很强的娱乐性，为广大的市民阶层所喜闻乐见。李渔之所以以大众本位思想来创作戏曲，一方面从客观原因来讲，是因为他在实际生活中是戏班的经营者，为了维持生计必须考虑到票房的收入。为了吸引更多的人来看戏，他难免会投观众所好，设立通俗新奇的情节。但这样的新奇都来源于普通人的实际生活，即便有神仙要素，最终主旨也落于人间的情与事上。我们看到，在李渔的《十种曲》中，除了童话性质的《蜃中楼》之外，其他的戏都表现人世间的日常生活。另一方面，从主观原因来讲，李渔对戏曲是大众娱乐的方式这一点有着清醒的认识。与诗歌的"雅"相对，戏曲是"俗"的文学。明代戏曲作家受文以载道传统思想的影响，试图在"俗"之中向"雅"靠拢，所以多琢磨曲辞的艺术性。但没有文学教养的人听之会不明就里，体会不到它的趣味性。与这种风气相对，李渔在《闲情偶寄》词曲部的"辞采"一项中，明确提出了"贵显浅"的文字要求。他指出："诗文之词采贵典雅而贱粗俗，宜蕴藉而忌分明。词曲不然，话则本之街谈巷议，事则取其直说明言。"[1] 意思是说，诗文的文字必须典雅蕴藉，但是戏曲却与之相反，用词用句一定要简单明了。这就从根本上说明了诗文与戏曲的不同，即戏曲是市民消遣娱乐的产物，诗文的受众是学者文人，而戏曲的受众却是普通民众。比如《牡丹亭·还魂》的辞采虽然精美，是一部优秀的文学作品，但它的字义却很难理解，按李渔的话说："百之人中有一二人解出此意否？"[2] 正是基于对戏曲和诗文受众的不同这点的明确认识，李渔对戏曲填词的要求是"勿使有断续痕，勿使有道学气"[3]，在实际戏曲的创作中，做到了在辞采方面，"全无一毫书本气"[4]，在

1 （清）李渔：《李渔全集》第三卷，第17页。

2 同上，第18页。

3 同上，第20页。

4 同上，第19页。

故事的编排上又能推陈出新，考虑到观众的猎奇心理。正如李渔称"传奇原为消愁设"[1]，"一夫不笑是吾忧"[2]（《风筝误》）一样，他的小说和戏曲充满着游戏与消费的风格。

二、李渔的戏曲创作——对偶趣味和对日本江户时代读本小说的影响

（一）《十种曲》内容

目加田诚在《李笠翁的戏曲》一文中详细介绍了《十种曲》的内容，并试图探讨以下问题：李渔的戏曲理论在他的戏曲中是如何体现的以及他的戏曲都有什么样的特色。以下我们省去他对《十种曲》所作的单纯的内容介绍，具体来看一下他的相关研究性言论（他在文中对《玉搔头》和《慎鸾交》只单纯作了内容介绍，故下面省略了二曲）。

《怜香伴》讲的是男子考试及第，同时又娶得两名女子为妻的故事。李渔的戏曲内容几乎都涉及了科举和恋爱。这两者不仅限于李渔，也是古代中国通俗文艺必不可少的附属物，这是因为古时的普通大众往往都对科举及第、娶得美人佳妻这两件事持有强烈的关心。

《风筝误》是从阮大铖的《燕子笺》《春灯谜》中获取灵感而作，文辞以阮大铖一方更美，戏曲构成则以李渔一方更利落。

《意中缘》反映了李渔《闲情偶寄》中的"审虚实"之说，令人联想到明代现实生活中的文人制作赝画之风。

《蜃中楼》有着童话性的主题。它是以元曲《柳毅传书》和《张生煮海》为底本编写成的，所以李渔以柳毅与张生为原型，将男主人公设成两人，将他们交往的对象也设为洞庭龙女与东海龙女两人。在曲文中，李渔

1　（清）李渔：《李渔全集》第三卷，第203页。

2　同上注。

注意到赋予多种角色以话语权，在舞台上首次使用烟雾用以制造仙境。但遗憾的是，《闲情偶寄》中虽然详细论述了种种戏剧要素，唯独没有涉及舞台布置。中国戏曲也没有在舞台设置背景和装置的传统。

《凰求凤》以男子与三位女子成婚为结局，看似是喜剧的收场，实际上在中国古代妻妾制度下，对于妾来说只有侍奉正妻才是唯一的出路，这样的结尾实属悲剧。

《奈何天》中，阙里侯从开始的愚笨丑陋变为最后的英俊潇洒，三位最初不堪丈夫之丑而避入僧门的妻子，最后为了封诰而争闹不已。故事前后的滑稽对比令人发笑，但整体来说，这部戏的品格低俗。《花朝生笔记》[1]中讲道：阙里是孔子故居，这部剧是在暗讽孔子后代衍圣公，衍圣公最初见到剧的前半，不满自己形象遭贬低，遂用钱财贿赂李渔，于是李渔在后半部将主人公改成拥有绝世之美的秀才形象。联想到李渔的生平，似乎这种事有可能发生，但果真如此的话，岂不是与他"戒讽刺"的戏曲理论自相矛盾了？这部剧的喜剧效果是靠前后剧情变化的对照而来的，如果作者最初没有这样的编排构思，整部戏便失去了立足的根基，《花朝生笔记》的上述说法是可疑的。

《比目鱼》的有趣之处在于巧妙地设立了戏中戏的情节，《荆钗记》的戏在剧中出现了两次。神仙将投江的男女变为比目鱼是为点题。如果李渔将救起男女的施救者改为人而非神仙，似乎也合情合理，但相比之下，观众还是乐于看到神仙的出现。这是因为中国戏曲从元曲开始，便频频出现道教神仙的因素。神仙是民间信仰的体现。这样的情节设置也与戏曲多在庙的舞台上上演的实际情况相关。在这部剧中，李渔就将男女主人公最后演出《荆钗记》的舞台设在土地庙，为后面神仙的出现做了铺垫。

《巧团圆》讲述的是一对老夫妻与早年失散的儿子，以及后来的儿媳

1　蒋瑞藻著。目加田诚看到的应是蒋瑞藻《小说考证》中收录的《花朝生笔记》，《小说考证》最初编于1910年，1924年由商务印书馆出版。

之间发生的种种巧遇。李渔在作品中巧妙地设下许多伏笔引出后面的巧遇。它的故事影响到日本江户时代的读本小说，石川雅望的《近江县物语》就是以《巧团圆》为底本进行的翻案小说。[1]

目加田诚对《十种曲》的分析可以归纳在以下两方面。

一是戒荒唐、科白洗练、审虚实的戏曲理论在实际的戏曲创作中都得以实现。

二是李渔的喜剧内容丰富，情节多变，体现了他作为戏剧作家在编排剧情上非同凡响的能力。《十种曲》中，有的讲的是主人公欺骗顽固的父母以达到自己的目的；有的讲的是错上加错的故事；有的讲的是丑陋的丈夫摇身变为美男子，从而使女主人公态度瞬间转变的故事；有的是在剧中设剧，在戏剧与现实的混杂中令观众欣赏玩味；有的是天子微服私访引发的纠纷；有的是奇遇连连的团圆；有的是比照两个男子的恋爱故事，这些故事都有着不同的趣旨，为我们展示了李渔的新奇构思和强大的叙事功力。

目加田诚上述针对李渔《十种曲》的研究大致是泛泛的介绍，但也提出了一些颇有见地的看法。比如蒋瑞藻在《花朝生笔记》中认为李渔借《奈何天》讽刺衍圣公，目加田诚就从李渔的戏曲理论中找到证据驳斥了该观点。他认为李渔的创作不是为了泄私愤而作，所谓的"戒讽刺"，不是说不能对社会进行针砭时弊的讽刺，而是说不能用文字来对仇人进行打击报复。李渔若针对某人虚构出贬损的故事情节，是有违他的戏曲理念的。这种看法是正确的。李渔在《闲情偶寄》"戒讽刺"目中说："武人之刀，文士之笔，皆杀人之具也。刀能杀人，人尽知之；笔能杀人，人则未尽知也。然笔能杀人，犹有或知之者；至笔之杀人较刀之杀人，其快其凶更加百倍，则未有能知之而明言以戒世者。"[2]这说明李渔充分认识到对

1　上述戏曲内容介绍见［日］目加田诚：《李笠翁的戏曲》，载《目加田诚著作集第四卷·中国文学论考》，第153—158页。

2　（清）李渔：《李渔全集》第三卷，第5页。

人进行笔诛的无情，所以他讲不能以文字来"报仇泄怨"，在作品中打击报复人无异于"行凶造孽"。李渔也注意到会有一些人对号入座地将作品讽刺之事联想到现实中来，称："好事之家，犹有不尽相谅者，每观一剧，必问所指何人。"[1]针对这种混淆剧情和现实的认识，他强调，剧情可以来源于现实，所以会偶有雷同，但这种雷同是巧合，绝非现实的翻版。对此他说："幻设一事，即有一事之偶同；乔命一名，即有一名之巧合；焉知不以无基之楼阁，认为有样之葫芦。"[2]在李渔心目中，"四经""五书"等"一念之正气"的作品是"与大地山河同其不朽"[3]的。他希望戏曲创作者要洗涤狭隘之心，"务存忠厚之心，勿为残毒之事"[4]，"凡作传世之文者，先有可传世之心"[5]，有这样的思想，他自然不会在自己的创作中徇私报复某人了。

（二）李渔戏曲中的对偶趣味

关于李渔戏曲中的对偶趣味，近年来学界多有讨论。如马弦、马焯荣《李渔·莎士比亚比较·偶数思维与戏剧创作》（1995）一文就提出了李渔的对偶情结。[6]目加田诚则是较早注意到李渔戏曲的对偶趣味的学者。他这样说道：

> 李渔的戏曲表现了中国的对偶趣味，特别是八股文的趣味。[7]

---

1 （清）李渔：《李渔全集》第三卷，第7页。

2 同上注。

3 同上注。

4 同上，第6页。

5 同上注。

6 马弦、马焯荣：《李渔·莎士比亚比较·偶数思维与戏剧创作》，载《艺海》1995年第2期，第58—65页。

7 ［日］目加田诚：《李笠翁的戏曲》，载《目加田诚著作集第四卷·中国文学论考》，第159页。

这种喜爱对称的思维是中国人的气质，表现在方方面面。特别是考试的文章八股文，就是将一个题目以"对"（股）的形式展开，最后以结句收尾。[1]

李渔的戏曲很多地方的确表现出他的对偶情节。比如，李渔的戏曲结构常表现为两条线索平行而进的样态。李渔戏曲中的主人公往往设为两组，这两组人物并不是善恶两立的，而同属于一种类型。在《意中缘》中，与男主人公董其昌和陈继儒相对应的分别是女主人公杨云友、林天素。故事的安排是男女两组对应，杨擅长模仿董，林擅长模仿陈的书画，董与杨的婚姻中有小人是空的拨弄而经历曲折，陈与林的婚姻也因为山贼的出现生出波澜。在《玉搔头》中，正德帝与名妓刘倩倩超越身份的恋情已经引人入胜，但李渔特意设立一个与刘倩倩一模一样的美人拾到玉搔头的情节，这对整个故事来说显得多余，只能解释为是他两两相并的趣味体现。李渔戏曲的文字表现上也常见两两相对之句，如"既然订就佳期，割绸缪，且暂离。菩心缩就相思地，救苦难，舍慈悲"[2]（《怜香伴》）；"这壁厢，那壁厢，声沸如诗；山如动，地如摇，斩鲸鱼儿血染棒"[3]（《风筝误》）；"声响如钟，心雄口也雄，腰曲如弓，头崩角也崩"[4]（《蜃中楼》）等。李渔的对偶情节在古代文人中是常见的，对称思维的产生和我国古老的阴阳思想相关。

目加田诚还注意到，李渔的戏曲往往"在一个主题中，分为两条线索，两者在结尾又回归于一处，在这一点上，李渔的实际戏曲创作又与其

1　［日］目加田诚：《李笠翁的戏曲》，载《目加田诚著作集第四卷·中国文学论考》，第159页。

2　（清）李渔：《李渔全集》第四卷，第9页。

3　同上，第175页。

4　同上，第307页。

立主脑与减头绪的戏曲理论互为矛盾”[1]。

笔者同意这种看法。李渔的对偶情节令他在创作中常常设立两个完全类似的故事。这背离了他立主脑、减头绪的理念。在李渔的戏曲中，主人公的角色还常常表现为男男与女女两组。《慎鸾交》《风筝误》《意中缘》《蜃中楼》都是这样。比如《蜃中楼》的主角就过多，虽然《蜃中楼》是将元曲《张生煮海》与《柳毅传书》两部戏改编而成的，但如果李渔能将男主人公合并成一位，更能体现立主脑的精神。李渔在《闲情偶寄》对立主脑解释说：“一本戏中有无数人名，究竟俱属陪宾，原其初心，止为一人而设；即此一人之身，自始至终，离合悲欢，中具无限情由，无究关目，究竟俱属衍文，原其初心，又止为一事而设；此一人一事，即作传奇之主脑也。”[2]意思是说一部剧要有明确的主题和中心人物，故事的主要事件都应围绕这一主题和中心人物展开。如果次要事件和人物的枝蔓太多，就会起到喧宾夺主的作用，使作者茫然无绪，观者寂然无声。这与减头绪的理念是一致的。李渔说，《荆钗记》《刘知远》《拜月亭》《杀狗记》等优秀剧目，三岁孩童都可以看懂，是因为它们“始终无二事，贯串只一人也”[3]。他批评后来的戏曲作者：“不讲根源，单筹枝节，谓多一人可增一人之事。事多则关目亦多，令观场者如入山阴道中，人人应接不暇。”[4]戏剧不同小说，观众靠视觉和听觉感知活动的一幕幕场景，在有限的时间内难以承载太多信息，一部剧头绪过多，会冲淡人们对主要事件的关注。他还说过：“头绪繁多，传奇之大病也”[5]，“孤桐劲竹，

1　［日］目加田诚：《李笠翁的戏曲》，载《目加田诚著作集第四卷·中国文学论考》，第159页。

2　（清）李渔：《李渔全集》第三卷，第8页。

3　同上，第13页。

4　同上注。

5　同上，第12页。

直上无枝，虽难保其必传，然已有《荆》《刘》《拜》《杀》之势矣。"[1]表明
他宁愿一部剧中只有一条主线，没有其他侧出的情节，也不愿出现繁杂的
事件和人物。但我们看他的《十种曲》，很多剧中的主要矛盾都不是唯一
的，一些人物和他们带出的事件都有雷同之处，特别是《蜃中楼》。剧中
柳毅和舜华是男女主角，张羽和琼莲是男女配角，柳毅和张羽是性格互补
的好兄弟，洞庭龙女和东海龙女是堂姐妹。戏曲在前二十出主要写柳毅为
龙女传书而入洞庭，钱塘君杀泾川小龙后逼婚，柳毅拒绝返乡，丧妻后迎
娶龙女的故事。后十出以张羽的故事为主线，描写张羽在东华上仙的指引
下煮海，最终战胜龙王的情节。故事的最后以四位才子佳人的大团圆收
场。在戏曲结构上，柳毅和张生是两条线索并行，实际却表现了同样一条
反对封建包办婚姻的主旨。李渔在改编《柳毅传书》和《张生煮海》时，
似乎无法避免地受到了原故事情节的影响，没有能够融合诸多要素，体现
了他在构思上的局限性。如果说戒荒唐、科白洗练、审虚实的戏曲理论在
实际的戏曲创作中都得以实现的话，那么在立主脑和减头绪方面，他的实
际创作与理论多有脱节之处。

（三）日本江户时代读本小说与李渔的戏曲

第一，事实影响关系。

目加田诚注意到日本江户时代的读本小说与李渔之间的事实影响关
系。在《李笠翁的戏曲》一文中，他分析了读本小说中大量引用李渔戏曲
的因素。如：山东京传的《樱姬全传曙草纸》中，樱姬和伴宗雄在风筝上
写字互通心意时的台词，明显受到李渔《风筝误》的影响；振鹭亭猪狩
贞居的《阰阰妹背山》中也吸收了《风筝误》的要素，出现了风筝的主
题；石川雅望创作的《飞弹匠物语》可见《蜃中楼》的影响，其《近江县
物语》则明显地模仿了《巧团圆》的故事情节；山东京山在其兄山东京传

---

1 （清）李渔：《李渔全集》第三卷，第12页。

的《本朝醉菩提》的题词中，引用了李渔《凰求凤》卷末的诗，他还在自作《高尾丸剑之稻妻》的卷首，引用了李渔《意中缘》卷末的诗；江户读本小说代表作家龙泽马琴号"蓑笠渔隐"，取名也应同李渔有关系。另外，目加田诚还指出了一些李渔戏曲原文在日本流传的情况，如1771年八文字屋自笑（笔者按：别号素玉、八文字舍自笑）编《新刻役者》纲目中，收录有《蜃中楼》的第五幕和第六幕原文，并标注了日语训读；铜脉先生的《唐土奇谈》中有对李渔的介绍，书中记载康熙二十六年春，在北京百花坊的戏场，上演李渔的《千字文西湖柳》剧目，称这是清朝第一的曲目；《唐土奇谈》中还写有《千里柳塘偃月刀》之剧，但实际上李渔的作品中并没有这部戏，铜脉先生是借李渔之名欺世。[1]

　　其实早在目加田诚之前，李渔戏曲在日本流传的大致情况，已经被青木正儿在《支那近世戏曲史》（1930）一书中指出过了。[2]不过目加田诚也提出了一些新的看法，如他认为《唐土奇谈》抄本后来被收录于西泽文库的《传奇作书》中，该书的作者西泽一凤，也应该是崇拜李渔的人，他的号"李叟"应是由李渔之名而来。

　　第二，李渔戏曲的"情理自然"与读本小说的荒诞不经形成对比。

　　相比李渔戏曲的情景合理性，目加田诚认为日本江户时代的读本小说内容是"荒唐无稽"[3]的，"戏作文学者们欣赏李渔，这是理所当然的道理"[4]。他认为通过考察江户时代读本小说作者对李渔《十种曲》的引用，李渔的戏曲趣向便能窥豹一斑。但是，"李渔的作品非常注重情理的自然一致……我国的歌舞伎或者以此为素材的读本小说与之不同，它们追求的是变幻莫

1　这一段目加田诚的看法见［日］目加田诚：《李笠翁的戏曲》，载《目加田诚著作集第四卷·中国文学论考》，第144—145页。

2　［日］青木正儿：《中国近世戏曲史》，王古鲁译，第334—335页。

3　同上，第160页。

4　［日］目加田诚：《李笠翁的戏曲》，载《目加田诚著作集第四卷·中国文学论考》，第146页。

测，不自然的奇异"[1]。他就此说道：

> 中国的戏曲从元曲开始，就有遵循情理自然的倾向，李渔的作品在情理自然这一点上颇费苦心。若说合理性，我国的读本作者也关心情节的合理性，但这种合理是将荒诞无稽的情节进行自圆其说的合理化，作者要费尽心机地说服读者。而李渔的作品，丝毫没有这种牵强，即便是预设伏笔，也是极其自然地过渡到最后的结论上。[2]

这样的看法合乎事实。日本江户时代读本和歌舞伎作家照搬李渔戏曲的故事情节，甚至对李渔戏曲改换人名地名直接翻写。江户的读本文学或歌舞伎曲目竭力模仿李渔戏曲，但它们在"情理自然"这一点上却不能望其项背，其文学价值远不如李渔的作品。我们看山东京山的《高尾丸剑之稻妻》标题为："発端は笠翁風趣向は桜田流高尾丸剣之稲妻"[3]（笔者按：发端笠翁风，趣向樱田流），即表明其趣向与李渔是不同的。"樱田"指的是歌舞伎作家樱田治助，他的创作以变幻莫测、怪异离奇的剧情设置为主要特点，这和李渔的"情理自然"说展示了截然不同的风格。在《高尾丸剑之稻妻》的故事开端，与右卫门的女儿立田所写的诗笺，被风吹落到隔壁的今津久三郎的手里。这样的情节本来始于偶然而又合乎情理，但故事在发展中却变成了人与妖怪的大战，完全脱离了实际的生活，所以山东京山会有上述之言。像这部戏一样，很多江户时代的戏作文学和歌舞伎作品，都以谈论妖魔鬼怪为趣旨，情节显得荒唐无稽。虽然李渔戏曲中也会出现神仙，如《蜃中楼》故事中就有龙宫的描写，但在这部戏中，龙宫的秩序如同人世间一般，实际上李渔是欲托神仙的角色来形容世间之事。《蜃

1　［日］目加田诚：《李笠翁的戏曲》，载《目加田诚著作集第四卷·中国文学论考》，第160页。

2　同上注。

3　［日］山东京山作，歌川国贞画：《高尾丸剑之稻妻》，茑屋重三郎，1810年版，封面页。

中楼》开场唱词曰："莫谈尘世事，且看蜃楼姻"[1]，故事虽是发生于尘世之外，但它讲的是男女婚恋的才子佳人故事，主旨不是怪力乱神。再如《比目鱼》，它描写了在世俗阻挠下男女共同殉情，后被神仙救起的故事，所述仍是人间情爱之事。李渔在《闲情偶寄》"结构"目中提出"戒荒唐"的要求时说："王道本乎人情，凡作传奇，只当求于耳目之前，不当索诸闻见之外。"[2]可见李渔的戏曲是贴近民众生活，带有娱乐性质的通俗文学，而非一味以新奇怪异来博人青睐，这种出发点与江户读本和歌舞伎戏曲是决然不同的。

第三节　王国维的文学思想

目加田诚在 1937 年，曾写过《王国维的〈红楼梦评论〉和〈人间词话〉》一文，投稿给了当时由竹内好、小野忍、松枝茂夫、武田泰淳主编的《中国文学》杂志。他一生也只有这一篇文章针对王国维的文学思想进行了详细的论述。对于写作这篇文章的动机，目加田诚后来回忆道：

> 《红楼梦评论》以叔本华的悲剧哲学观来评论中国小说，是非常不合适的。《人间词话》与之相反，是用东方传统的文学批评方法对词进行评论。也就是说，王国维一开始用欧洲的思想评论中国文学，感到行不通，最终还是用东方独特的方法来解释词。我对这点非常感兴趣，就写了这篇文章。[3]

1　（清）李渔：《李渔全集》第四卷，第205页。

2　（清）李渔：《李渔全集》第三卷，第13页。

3　［日］目加田诚：《后记》，载《目加田诚著作集第四卷·中国文学论考》，第519页。

　　王国维发表的文艺评论大多集中在他二十至三十五岁之间，此时正是清末。在人生的后半部分，他的兴趣点从文学转移到了史学、古文字学、金石学领域上。在王国维写就《红楼梦评论》(1904)的当时，中国对《红楼梦》作者、写作年代的研究尚未兴起，甚至研究界还没有相关的研究文本。正是出于以上原因的考虑，目加田诚在他1937年写的上述文章中说道："今天我们来评论他的文艺批评，不论是赞赏还是批判，对王国维来说都是一种为难。"[1]但是，王国维的一生曾有一段热衷于文艺批评的经历，这件事本身对目加田诚来说就是非常重要的。因为在目加田诚看来，将《红楼梦评论》和《人间词话》(1908—1909)这两篇文章结合在一起看，便可以勾勒出王国维文学思想变化的一段轨迹。在王国维的中国文学批评方法影响之后，中国的文艺评论究竟该如何发展，对古代文学究竟应该采取什么样的研究方法，这些都是目加田诚认为非常有意义的课题。

　　最近二十年，王国维的《红楼梦评论》与《人间词话》逐渐受到学界的重视，但据李庆本所考，1949—1979年的三十年间，对《红楼梦评论》进行论述的文章只有三篇。[2]解放前的评论文章则更为少见，笔者只了解到，缪钺的《王静安与叔本华》中有对《红楼梦评论》的评价，称其为"不失为一篇文学批评之杰作"[3]《人间词话》的研究相对要多一些，解放前也只有17项研究成果。[4]《红楼梦评论》今天已经被中国比较文学界公认为我国比较文学初期的代表作品而备受重视，《人间词话》中的文学理论观点至今仍为人津津乐道，还有很多学者将这两篇文章结合起来进行评

1　［日］目加田诚：《王国维的〈红楼梦评论〉和〈人间词话〉》，载《目加田诚著作集第四卷·中国文学论考》，第52页。

2　李庆本：《〈红楼梦评论〉的现代学术范式——纪念王国维〈红楼梦评论〉发表一百周年》，载《中国文化研究》2004年第2期，第119页。

3　缪钺：《缪钺全集第二卷》，石家庄：河北教育出版社，2004年版，第197页。

4　沈文凡、张德恒：《王国维〈人间词话〉百年研究史综论》，载《中外文化与文论》2010年第6期，第129页。

论，如叶嘉莹《王国维及其文学评论》（1997）一书就在第二编的第一章设 "静安先生的两组文学批评及其重要性" 一节。然而在 20 世纪 30 年代，目加田诚就早已意识到这两篇文章在中国文学理论批评史上的重要意义，这充分证明了他研究视野的立意高远。

一、关于《红楼梦评论》——中西学结合的实验之作

对王国维《红楼梦评论》这篇文章，目加田诚是一分为二地来看待的。一方面肯定它在探索文学本质上做的贡献，另一方面对它生硬地糅合中西方文学作品和理论的研究方法予以了否定，这体现了他客观公正的批评立场。虽然当代的一些学者纷纷对《红楼梦评论》提出了批评，如钱钟书在《谈艺录》中指出，王国维对叔本华思想进行了误读；叶嘉莹在《王国维及其文学批评》中，对王国维以叔本华思想附会《红楼梦》提出了异议，但在目加田诚写《王国维的〈红楼梦评论〉和〈人间词话〉》一文的 1937 年，似乎并没有人意识到王国维这篇文章在方法论上的欠缺，目加田诚的看法是领先于时代的。

（一）王国维的创作动机

首先，在目加田诚看来，王国维的《红楼梦评论》是在他受到西方近代文艺理念的强烈冲击的思想背景下，在急于认证中国文学不是落后于西方文学的心理驱使下写就的。他这样评价王国维写作《红楼梦评论》当时的学界情况：

> 小说戏曲的资料，已经得到了日中两国先辈充分的发现和整理。但是对文学史上特别伟大的作家作品，还没有进行正面的碰撞、挖掘、动摇的尝试，还没有审视它洗练之后的闪耀着的面貌。我们的

工作必须要发掘出真正的中国文学的本质，否则就是没有意义的。[1]

这段评论可谓一针见血。我们知道，清代对以往的学术成果进行了全面整理，虽然清末民初的学者们继承了这些成果，然而对清末最具有思想性的《红楼梦》却没有进行深入研究。这与清代学术以考据为法，在文章小学、版本训诂等方面都有着集大成的成就，但却与没有建立起从思想性美学性角度进行文学批评的传统有关。文学研究的最终目的在于帮助我们认识文学的本质和规律。文学研究不仅要对作品文本流露的直接信息进行各种解释，即整理文本资料，解释字义，还更应该从精神分析的角度对文本进行美学意义的研究。因为作品是作者本我思想的二次反映，这就要求我们关注作者在作品中意识不到的迂回思想的表现，对作者无意识的潜在欲望是如何表现在作品之中的进行分析。另一方面，也要研究作者写作时的社会、经济、文化等因素对其创作有着何种影响，研究这些文本文字之外的信息。自然科学是说明事物的因果关系，得出某种具有普遍性规律性的结论。文学研究与自然科学的一致之处，就在于"发现"，即从符号构成的文本中，发现无限解释的可能性。《红楼梦》之所以是一部伟大的文学作品，就是因为其中蕴含的深刻的思想，引起人们无限的解释，引发人们对人生无限的思考。文学研究者的作用，是在读者与作品和作者之间，架构桥梁。王国维正是有着这样的使命感，他用不同于传统的文艺批评的方法，在《红楼梦》中发现了该书新的价值。虽然中国的文艺批评有着自我的批评术语和认知体系，但西方的近代思想进入中国，给传统的中国文学研究者带来极大的思想触动，对古典中国文学怀疑、失望、贬低者不乏其人。最早一批接纳了西方近代思想的中国文学研究者，会很容易从中国古代小说与戏曲中印证西方的文艺思想（目加田诚早年也是如此），这是

1　［日］目加田诚：《王国维的〈红楼梦评论〉和〈人间词话〉》，载《目加田诚著作集第四卷·中国文学论考》，第53页。

因为西方近代文学的主要表现形式就是小说和戏剧。生硬地以西方的文学理论和文艺思想对照中国传统文学，以迎合之势比附西方，结果自然是难以令人满足的。但就在这种失望的同时，许多研究者仍没有放弃探索文学本质的精神，王国维就是其中最突出的人之一。王国维在《红楼梦评论》中说："苟知美术之大有造于人生，而《红楼梦》自足为我国美术上之唯一大著述，则其作者之姓名与其著书之年月，固当为唯一考证之题目。而我国人之所聚讼者，乃不在此而在彼；此足以见吾国人之对此书之兴味之所在，自在彼而不在此也。故为破其惑如此。"[1] 这段话道出了他之所以写作《红楼梦评论》一文，是为了纠正国人受清代考证之风影响以"考证之眼"来读小说的方法，倡导人们要重视小说中的精神与美学、伦理学上的价值。王国维写《红楼梦评论》，虽是欲用西方文学理论来评述中国古典文学，但他最终的目的仍是为了探索中国文学的本质。目加田诚也是在这一层面对王国维写就此文一事给予了肯定。

其次，目加田诚认为，对中国古典文学缺乏悲剧的强烈不满意识，也是促成王国维写作该篇文章的动机之一。他说：

> 亚里士多德认为悲剧能唤起人的情绪并使其得以净化。西方的美学概念中有优美和壮美两者，那么为什么中国就没有这样描画壮丽之美的悲剧呢？为什么中国文学就必须以敷衍的大团圆收场呢？王国维从《红楼梦》中找到了填补心中不满的东西。[2]

这种评价是合理的。叔本华的悲剧观给予了感情丰富、忧郁的青年王国维很大影响。叔本华主张生活的本质是欲，所以人生是无限的苦痛。悲

---

1 王国维：《王国维论学集》（傅杰编校），北京：中国社会科学出版社，1997年版，第370页。

2 ［日］目加田诚：《王国维的〈红楼梦评论〉和〈人间词话〉》，载《目加田诚著作集第四卷·中国文学论考》，第54页。

剧是一种壮美的艺术表现形式。不幸的悲剧有三种，第一种是恶人造成的悲剧；第二种是命运的盲目和偶然造成的悲剧；第三种是剧中人所处的地位不同，由于他们的相互关系造成的悲剧。其中最崇高、最具有悲剧美的是第三种，真正的悲剧是普通人的复杂社会关系造成的不幸。根据亚里士多德在《诗学》中的理论，悲剧的目的在于唤起人们的怜悯和恐惧之情，使情感得到疏泄，情操得以净化。一部剧的结尾以悲剧收场，往往比喜剧更具有艺术震撼力，它激起人们种种的情绪波澜和复杂感受是喜剧不可比拟的。中国古代小说和戏曲常常以大团圆的收尾令观众满意，《红楼梦》的结局却是凄凉的。可以想象，王国维在阅读叔本华的同时，难免会对之前一直学习的中国古典产生比对的意识，这促使他的目光投向中国小说戏曲，从而发现《红楼梦》是一部最能表现叔本华第三种悲剧观的"彻头彻尾之悲剧"。

（二）对《红楼梦评论》的批评

虽然目加田诚从得益于对中国文学本质的了解这一层面，肯定了王国维用西方文论评述中国古代文学所做的尝试性的努力，但他对《红楼梦评论》中的一些观点和批评方法提出了异议。今天看来，王国维的《红楼梦评论》整篇文章都散发着对叔本华哲学的醉心之意。王国维认为生活的本质就是欲，《红楼梦》中的玉就是生活之欲的代表，它表明生活的苦痛是由自己造成的，又说明其解脱之道不可不由自己而求。针对王国维的这种说法，目加田诚表示了怀疑，并不客气地批评道：

　　《红楼梦评论》表明，《红楼梦》是非常适合王国维，不，是适合叔本华的哲学思想的。《红楼梦评论》中有许多见解，上述意义上的《红楼梦》给予了王国维以满足。但是，王国维的这篇评论却给不了我满足。毋宁说《红楼梦》在其他意义上给予了我以满足。打个不恰当的比方，如果曹雪芹是受到叔本华的思想影响写的这篇小说的话，这篇评论的态度还尚可。又或者王国维思考了叔本华思想产生的根源，以及《红楼梦》表现出的所谓解脱思想，发现了这两者根本性的联系的话，也是有意义的。但是，究竟《红楼梦》的解脱思想是什么？我从《红楼梦》中看不到王国维所谓的解脱思想，那其实只不过是沿袭了中国原本就有的出世思想。[1]

这样的评价非常犀利。那么《红楼梦》究竟在什么意义上令目加田诚获得了满足呢？

第一，在解释作者的写作态度上，目加田诚和王国维的侧重点完全不同。王国维说："美术之务，在描写人生之苦痛于其解脱之道，而使吾侪冯生之徒，于此桎梏之世界中，离此生活之欲之争斗，而得其暂时之平和，此一切美术之目的也。"[2]他认为《红楼梦》在黛玉生前的章节中埋下了解脱之种子，黛玉死后，自九十八回到一百二十回，都是在描写宝玉解脱的行程。宝玉的出家，就是解脱。人人都有与生俱来的欲望，由欲望带来痛苦，男女之欲的痛苦要大于饮食之欲，宝玉的痛苦，其实是每个人的痛苦。《红楼梦》表明的是，若要摆脱男女之欲带来的痛苦，就要拒绝一切生活之欲。宝玉知道生活之欲无处不在，因此出家寻求解脱。目加田诚却明确反对这种解脱说。他说："不论作者是如何论述解脱，他的真实内心仍然在于花散归鸟与葬花之情上。所以，王国维的评论方法和解释，都是错误的。"[3]

王国维提出的从欲望的痛苦中解脱出来的看法，有西方哲学中"原罪"思想的影响，但我们没有证据表明曹雪芹以及高鹗也受到了这种思想

1　［日］目加田诚：《王国维的〈红楼梦评论〉和〈人间词话〉》，载《目加田诚著作集第四卷·中国文学论考》，第55页。

2　王国维：《王国维论学集》（傅杰编校），第357页。

3　［日］目加田诚：《王国维的〈红楼梦评论〉和〈人间词话〉》，载《目加田诚著作集第四卷·中国文学论考》，第57页。

的影响。王国维套用西方的哲学思想来分析与之没有事实联系，也没有内在逻辑关联性的中国古代文学，确实有些牵强，在这点上，目加田诚对他的指摘是正确的。目加田诚认为曹雪芹写作《红楼梦》的真实内心，不是要诉说哲学思想，也不是在作品中贯彻某种理念，"曹雪芹是以葬花之情来写这部小说的"[1]。目加田诚的这种理念，相对于王国维以叔本华的哲学思想为工具对《红楼梦》进行的解读，一个是感悟的，一个是理性的；一个是点，一个是面；一个是以个体为适用对象，一个是寻求解决整个人类的问题。两者的研究立场在根本上是不同的。目加田诚认为曹雪芹不仅在用梦、幻的字眼提示读者，其自身也在追梦之中。《红楼梦》就是曹雪芹"葬花之情"这种美意识的体现而已。他指出，《红楼梦》的主人公以不"果敢"为美，最起码作者是持这种态度的。宝玉喜爱的是所有美丽的少女，并没有义无反顾的积极的"果敢"的恋爱，更没有有意识地去追求解脱痛苦的途径。目加田诚用了日语不"果敢"一词来形容宝玉的性格。岩波书店《广辞苑》对"果敢"的解释为："决断力强，勇敢。"目加田诚所说的不"果敢"，就是指迂回曲折、柔和消极的态度。在目加田诚看来，《红楼梦》书中少女的美丽实际上也是一时的不"果敢"之美，因为不"果敢"，才更具美感。他说："有人以为花会永远盛开，所以在花落时才会惊讶，才会感叹落花的无常，产生回归永恒的情怀；又或者有人从最初就知道花会凋落，所以更加爱惜它盛开时的美丽……宝玉说，美丽的少女一旦嫁人为妻，就变得丑陋无比了，这样的人生还有什么意义？他的这种意识，同美丽的花凋落之后，就只残留下凄惨的回味的葬花之情是一个意思。宝玉就是基于上述想法才出的家。"[2]关于宝玉出家，目加田诚评论道：

---

1 ［日］目加田诚：《王国维的〈红楼梦评论〉和〈人间词话〉》，载《目加田诚著作集第四卷·中国文学论考》，第56页。

2 同上，第55页。

王国维在小说的伦理性价值这一点上，可谓用心良苦。他将宝玉的出家理解为对人类原罪的补赎，这就不合适了。妙玉也是出家人，但作者并没有把她写得美丽高贵，而是将她描写得冰冷乖僻。[1]

目加田诚指出王国维认为出家就是救赎的解脱之道，但果真如此吗？王国维在《红楼梦评论》第二章"《红楼梦》之精神"中说道："而解脱之道，存于出世，而不存于自杀。出世者，拒绝一切生活之欲者也。彼知生活之无所逃于苦痛，而求入于无生之域"[2]，"若生活之欲如故，但不满于现在之生活，而求主张之于异日，则死于此者，固不得不复生于彼，而苦海之流，又将与生活之欲而无穷"[3]，"故苟有生活之欲存乎，则虽出世而无与于解脱；苟无此欲，则自杀亦未始非解脱之一者也"[4]。这些话均表明，如果还留有对生活的种种欲望，那么即便出家也不能解脱；如果执着于对世间的物欲的看法，在欲望得不到满足的情况下自杀的话，也不是解脱之道。这说明王国维对解脱的看法是辩证的，不是绝对地认为出家就是解脱，甚至离开人世也不能称为解脱。所以他认为金钏投井、尤三姐自刎等并非解脱，而是现实生活之欲受到外来压抑下的所作所为，《红楼梦》书中真正解脱的只有宝玉、惜春、紫鹃三人。王国维论解脱之道的看法是很具有逻辑性的，他所认为的解脱是：必须自己从精神层面真正地远离生活之欲，做到"自忏悔自解脱"。目加田诚反对将出家视为对原罪的补赎，是出于反对将西方原罪思想作为评论术语带入中国古代文学批评中来的意识，这种出发点无可厚非，但他将宝玉的出家和其他人的出家混同起来，没有看到王国维文中对解脱的辩证认识，是有失公正的。

1　［日］目加田诚：《王国维的〈红楼梦评论〉和〈人间词话〉》，载《目加田诚著作集第四卷·中国文学论考》，第56页。

2　王国维：《王国维论学集》（傅杰编校），第356页。

3　同上注。

4　同上注。

　　第二，目加田诚认为《红楼梦》的写作动机不是出于对社会的批判。他的这种观点是承上述对曹雪芹"葬花之情"写作态度的认识而来的。他说：

　　　　有人认为这部小说从《金瓶梅》中脱化而来，但这两部小说最大的不同在于，《金瓶梅》有着对社会的批评、讽刺、正义感、憎恶，而《红楼梦》却没有。《红楼梦》虽然也描写丑陋，但并不是用《金瓶梅》那样的视角。《红楼梦》的作者对充满黑暗的大人世界进行责备，或者说将不理解并践踏少女之美的人视为恶人，穷极语言对其进行责备。[1]

　　　　作者洞察所有人性的缺点，无限地热爱那一瞬间的美。当看到美最终散去，当然会不由得流泪。[2]

　　可以看出，目加田诚对《红楼梦》蕴含的深刻思想性并没有引起足够的重视。这令人不由得联想到俞平伯早期也无视《红楼梦》的思想性。俞平伯和胡适都是红学研究史上的开拓者和代表人物，胡适在《红楼梦考证》（1921）中，对曹雪芹的身世、著书年代、不同版本进行了研究和考证，摒弃了索引派牵强附会地将历史与书中人物和事件进行比附的做法。相比胡适从作品外围入手，俞平伯更加注重从作品内部寻找证据。他在《红楼梦辨》（1923）中就认为，《红楼梦》是作者的自传（1952年他又在《红楼梦研究》中修正为是带有自传性质的小说）、情场的忏悔，其风格是"怨而不怒"。目加田诚的"葬花之情"说与俞平伯的"怨而不怒"说有相似之处，即都是从文章分析的艺术角度理解，而忽略了作品的思想性。俞

1　［日］目加田诚：《王国维的〈红楼梦评论〉和〈人间词话〉》，载《目加田诚著作集第四卷·中国文学论考》，第56页。

2　同上，第57页。

平伯在《红楼梦辨》中认为,《红楼梦》只是中国式的闲书,在世界文学中的位置不高,它的写作成因是作者"以自怨自解","其用意亦不过破闷醒目,避世消愁而已"[1]。目加田诚也认为曹雪芹的写作,并不是为了解决什么社会伦理问题,也不是为了获得社会地位,只是在"茅椽蓬牖,瓦灶绳床"的生活中,与书中人物共哭泣,又或者借书中人物之口作诗游乐。目加田诚曾在早年北京留学时期请教过俞平伯关于《红楼梦》的理解,他写就《王国维的〈红楼梦评论〉和〈人间词话〉》是在 1937 年,当时的他对俞平伯的《红楼梦辨》是非常赞赏的。可以说,目加田诚受到了他极为敬重的俞平伯观点的影响,其看法显然继承了俞平伯的衣钵。另外,目加田诚忽视《红楼梦》的深刻思想性,也合乎解放前红学研究的主流看法。解放前人们看待《红楼梦》,就像鲁迅说的:"经学家看见《易》,道学家看见淫,才子看见缠绵,革命家看见排满,流言家看见宫闱秘事"[2],包括胡适和俞平伯这样的大学者在内,几乎没有人重视它的思想性。人们多从情理角度分析《红楼梦》的主旨,如鲁迅《中国小说史略》说《红楼梦》是"人情小说",胡适《红楼梦考证》认为这部书是曹雪芹的自叙传。20世纪 50 年代,中国发生了针对俞平伯红学研究的大批判运动,排除这场运动的政治性不谈,正是从这时,人们才逐渐注意到这部作品蕴含着的深刻思想性。自 20 世纪 80 年代开始,针对《红楼梦》思想性的研究逐渐升温,以马克思主义的历史唯物主义文艺观来研究《红楼梦》成为其中的主流。如冯其庸认为曹雪芹是一位伟大的思想家,他认为"《红楼梦》这部书,不仅是对两千年来的封建制度和封建社会(包括它的意识形态)的一个总批判,而且它还闪耀着新时代的一线曙光"[3]。以马克思主义的文艺观分析《红楼梦》的确给红学研究提供了一个新的方向,使得这部伟大著作

---

1 俞平伯:《俞平伯论红楼梦》,上海:上海古籍出版社,1988年版,第189页。

2 鲁迅:《鲁迅全集》第八卷,北京:人民文学出版社,1981年版,第145页。

3 冯其庸:《千古文章未尽才——为纪念曹雪芹逝世二百二十周年而作》,载《红楼梦学刊》1983年第4期,第38页。

中的深刻思想性得以为人重视，这正是新中国成立前的红学研究所缺失的方法。然而这毕竟只是研究的诸多方法之一，在看待《红楼梦》这部包罗万象的著作时，不应拘泥于一种形式，更不能将学术问题上升至政治运动的层面来对待。在 20 世纪 50 年代，俞平伯遭到了批判，他对《红楼梦》的态度发生了转变，开始以阶级意识看待《红楼梦》。对这种转变，目加田诚并不赞许。他在《关于俞平伯·红楼梦研究批评》（1955）一文中说道："我认为，以今日之思想，去求证过去的作品，实在是很无理的……难道作者就是以暴露所谓封建官僚地主阶级的腐败矛盾为目的吗？我认为并非如此。"[1]虽然目加田诚缺乏对《红楼梦》深刻思想的认识，但他始终贯彻学术的独立精神，反对教条主义和形式主义地看待《红楼梦》，这点是值得肯定的。

通观目加田诚的一生，我们看到他是一个富于感性、欣赏真诚简单之物的人，其学问侧重对研究对象作感悟式的、联想式的评论，而少抽象性的、逻辑分析缜密的研究。所以不难理解，他只是去关注作品在文艺层面带给人的直观感受，而对《红楼梦》中蕴含的深刻思想不能产生共鸣。黑格尔说过，艺术是"人类的最深刻的旨趣以及心灵的最深广的真理的一种方式和手段"[2]。伟大的作品因其具有深刻的思想才能称之为伟大。时至今日，中国学界普遍对《红楼梦》是一部集合了艺术性和思想性于一身的伟大作品这一观点达成了共识。《红楼梦》所蕴含的内容包罗万象，我们可以从文学、哲学、人类学、名物学等诸多方面对其进行考察，曹雪芹对政治、社会、文化的种种深刻认识，也绝不是仅仅凭葬花归鸟之情就能够涵盖的。如果将目加田诚的研究放到整个红学研究史上来看的话，它仍没有脱离旧红学的范畴，这体现了目加田诚思想上有所局限的一面。

1　转引自孙玉明：《日本红学史稿》，北京：北京图书馆出版社，2006年版，第113—114页。

2　（德）黑格尔：《美学》第一卷，朱光潜译，第10页。

二、关于《人间词话》——中西学结合的成功之作

如果说，王国维的《红楼梦评论》是用西方的文学理论阐发中国古代文学的实验之作，那么《人间词话》则是一篇构筑在西方美学基础之上，同时又运用中国传统文学批评术语分析中国文学的一部成功之作。目加田诚对《人间词话》给予了充分的肯定。

（一）《人间词话》是一部成功之作

目加田诚说：

> 王国维醉心于西方哲学，欲从中国文学中找到它们的教导之物，我对此是理解的。但是这样的态度肯定会遭遇失败。中国文学更应该沿着中国文学的本质之路来研究。王国维终于脱掉了借来的衣服，同时用接受了西方文艺思想的属于自己的双眼，对中国文艺的本质做出了深入的思考。《人间词话》就是这样写就的一篇文章。[1]

《人间词话》与《红楼梦评论》不同，不是系统性的论文，而采用的是札记性的、回归传统的词话形式。中国的传统文艺批评形式大多是随笔、点评或批注性的。《红楼梦评论》仿照西方学术论文设立章节，这是王国维在构筑新的文学批评形式上所做的尝试。《人间词话》的文章构架与《红楼梦评论》不同，但也异于传统的文论。虽然它采用的是传统的诗话形式，但与传统文论相比更加体现出古人难以具备的学贯中西的学术姿态。就像有的学者指出的那样，"王国维以《人间词话》终结了传统文论，

1　［日］目加田诚：《王国维的〈红楼梦评论〉和〈人间词话〉》，载《目加田诚著作集第四卷·中国文学论考》，第57页。

又以《红楼梦评论》开启了现代文论"[1]。今日看来，王国维的这篇文章开辟了文学理论研究的一条崭新之道，为近代中国文学研究在学术自觉意识的促成与体系建立方面做出了贡献。而目加田诚早在1937年就已经认识到了这点。目加田诚充分注意到中西方文学理论在王国维那里发生了碰撞与融合的情况，对他最终体现在《人间词话》中的文艺思想给予了高度的评价。他这样说道：

> 在这里，已经没有了对西方思想的囫囵吞枣，而是完全将其转化为自己的东西，发挥出了自我。但是，与以往的词话稍微有所不同的是，王国维是用曾经接受西洋文艺思想洗礼之眼，重新来看待中国文艺的本质。[2]

这样的评价在今天来看也是合适的。我们知道，王国维二十九岁重新读康德的哲学时，虽然有叔本华的哲学作基础，但仍然到达不了完全通畅理解的程度，于是他将兴趣转移至文学，将文学上的情感都投向了填词。正如他所说的："余疲于哲学有日矣……知其可信而不能爱，觉其可爱而不能信，此近二三年中最大之烦闷，而近日之嗜好所以渐由哲学而移于文学，而欲于其中求直接之慰藉者也"[3]（《静安文集·自序二》）。他在三十岁时，集得词六十余阕，编为《人间词甲稿》，又写了《屈子文学之精神》等文章。这之后，他又写了《人间词乙稿》。他在三十二岁时开始编辑唐五代二十家词，并着手进行戏曲的研究，完成了《戏曲考源》《宋大曲考》《优语录》等著作，由此他的文学研究逐渐向着历史性的研究之路发展了。

1　富华、李瑞明：《王国维与中国现代文论创新国际学术研讨会综述》，载《文学评论》2009年第2期，第206页。

2　［日］目加田诚：《王国维的〈红楼梦评论〉和〈人间词话〉》，载《目加田诚著作集第四卷·中国文学论考》，第58页。

3　王国维：《王国维论学集》（傅杰编校），第496页。

《人间词话》这篇文章是他在三十四岁时写成的，但其中大致的主张，早已见诸《人间词乙稿序》。

王国维的研究方向一变再变，由哲学转向文学，继而又转向金石学、考古学、历史学，但万变不离其宗，其研究的目的都是为了探索中国文化的本质。就如他在《人间词话》中说："诗人视一切外物，皆游戏之材料也。"[1] 对于王国维来说，西方的哲学或文学理论思想都是外物，是他进行学术研究的材料，他是以西方哲学为"用"，服务于其人生与学问这个"体"的。早年他阅读康德和叔本华，是想从中学习到理解事物的思想和方法，并不是出于以研究成果沽名于学界的功利目的。我们从他一直阅读康德却没有留下一篇专论康德的文章，就可以看出这一点。《人间词话》的写就也不是偶然的，它是王国维在积累了对中西方文学理论的深刻理解基础上发生的。在这篇文章中，他将中西方文学理论纳入自我的思考体系，将各种材料汇通、糅合，以属于自我的"通视"之眼统观中国古代诗词。文章完全没有了《红楼梦评论》中的生涩解释，通篇具有高屋建瓴的气魄，散发着属于王国维自身的风格。

（二）对《人间词话》内容的理解

《人间词话》是一篇不成系统、断片性的文章，其真意很难捕捉，目加田诚对王国维之说所做的论述也显得很零散。但我们还是可以从以下两点来对其进行分析。

第一，是对"境界"说的看法。目加田诚注意到"《人间词话》谈的主要问题是'境界'"[2]。他对境界说有如下的评论：

---

1 王国维：《王国维论学集》（傅杰编校），第414页。

2 ［日］目加田诚：《王国维的〈红楼梦评论〉和〈人间词话〉》，载《目加田诚著作集第四卷·中国文学论考》，第58页。

　　"词以境界为最上。"不能只有空虚的美辞丽句，重要的是把握真的境地。境有有我之境和无我之境，有我之境是主观的。所以喜怒哀乐都是人心中的一境界。无我之境是"以物观物，故不知何者为我，何者为物"，物与我是浑然融合的状态……

　　王国维说："昔人论词有景语情语之别，不知一切景语皆情语也。"这绝不是旁观者的态度。在词的表现上，应该用真实的语言表现真的境地。所以他忌用代字……

　　真实的感情要用切实的语言来诉说……

　　"隔"是"观念"性的游戏，不是真实之声。[1]

　　关于什么是境界，目加田诚并没有明确说明。自王国维提出境界说以来，学者们对它的看法就是不统一的。比如，钱仲联在《境界说诠证》（1962）一文中指出《人间词话》中境、境界、意境没有区别。[2]罗钢在《眼睛的符号学取向——王国维"境界说"探源之一》（2006）一文中认为，王国维在《人间词乙稿序》中说的"意境"就是《人间词话》的"境界"[3]。叶嘉莹在《王国维及其文学评论》（1997）一书中则认为意境、境界含义不同。[4]境在中国古代是一个非常模糊的概念，它是不可言说的，带有佛教心识观念的一个文论术语。王国维在《人间词话》中，谈到境、意、境界、意境时，都没有明确地给它们下定义，而是将"物""我"关系比之，所谓"有我之境，以我观物，故物皆着我之色彩；无我之境，以物观

1　［日］目加田诚：《王国维的〈红楼梦评论〉和〈人间词话〉》，载《目加田诚著作集第四卷·中国文学论考》，第58—59页。

2　钱仲联：《境界说诠证》，载《〈人间词话〉及评论汇编（王国维研究资料）》，北京：书目文献出版社，1983年版，第119页。

3　罗钢：《眼睛的符号学取向——王国维"境界说"探源之一》，载《中国文化研究》2006年第4期，第63页。

4　叶嘉莹：《王国维及其文学批评》，石家庄：河北教育出版社，2000年版，第156页。

物，故不知何者为我，何者为物"[1]。他在《人间词乙稿序》中也说："原夫文学之所以有意境者，以其能观也。出于观我者，意余于境；而出于观物者，境多于意。"[2]

关于意与境，笔者认为意侧重表现客观世界对作者产生精神上的影响，是人对客观事物的主观判断和选择，而境是作者将自身置于客观之中，客观事物自然地反映在内心中，达到情景交融与物我融合的状态。相比意，境由其佛教心识性而具备更深刻的作者的审美体验。无我之境并非没有自我意识的参与，而是自我与自然融合为一体，感受自然带给自我的种种体验。不论如何，境或境界是属于中国传统人与自然关系中非常重要的概念。关于它们的言说体现了中国传统人对自然的看法，即物我合一的境界为最上，在这个境界上，人们的精神可以自由地通达天地，将这种精神表现在艺术领域，就可以创作出真正美的艺术。王国维谈到的"隔"与"不隔"的问题，实际上就是说在物我一如之境下，要用切实的语言诉说真实的感情之意。失去切实的表现，就如同雾里看花，表现不了高的境界。语言的修辞过于繁复，无助于思想感情的真实表达，在感染力方面，一句简单的话比铺陈溢美之词要更能打动人心。隔就是不自然、不切实，不隔就是自然真实的语言所带来的感受。

关于境界的不可言说性，俞平伯在1926年《重印〈人间词话〉序》中曾说："作者论词标举'境界'……颇思得暇引申其义，却恐'佛头着粪'，遂终于不为。"[3]俞平伯不欲对境界进行解释，是因为他认为"作文艺批评，一在能体会，二在能超脱"[4]（《重印〈人间词话〉序》）。他是以和作者共通的感悟精神来理解境界的含义的。俞平伯的看法或许影响到了目加田诚，但可以肯定的是，以感悟性的思考方式来对待中国古代文论，这

1　王国维：《王国维论学集》（傅杰编校），第319页。

2　王国维：《王国维学术文化随笔》（佛雏编），第229页。

3　俞平伯：《俞平伯散文选集》，上海：上海文艺出版社，1983年版，第86页。

4　同上注。

也是目加田诚自身一贯的做法。目加田诚认为言语的表述有限，对事物的理解应该体会到语言背后的余情余韵，这是与西方唯科学、唯事实主义的学术态度所不同的，东方的悟道式的方法。虽然目加田诚没有对境界进行正面的解释，但实际上他深谙古代诗话评论之道在于"羚羊挂角，无迹可求"，在事物的真正理解上，语言之力绝非感悟之力能比，这也是目加田诚不喜用抽象、概括、纯理论性，而善用具体举例的论证方法进行文学研究的原因。

第二，关于王国维"诗人必有轻视外物之意"[1]，"又必有重视外物之意"[2]此话的含义。现代学者们对此多有不同角度的理解，有的认为它体现了中国古代美学的出入观，有的认为它是对作者生命体验向审美超越的论述。目加田诚则是从作者必须摆脱卖弄文辞的游戏心态，要用真诚的内心感受外物这一层面理解的。他认为"梅、雪、竹、琴作为典型的雅的代表常常在词中出现，是文人性质的型"[3]，但不能被它们的这种意义所束缚。他说：

> 王国维认为文学必须要脱离陷入某种型的观念游戏，而是接触到真正的人的真实内心。"诗人必有轻视外物之意，故能以奴仆命风月。又必有重视外物之意，故能与花鸟共忧乐。"这句话的表现是十分暧昧的，它要说的意思是：如果写风月花鸟，就不要被风月花鸟原本的一定观念束缚的型所束缚。[4]

这种看法出于他对文学真实性的认识。目加田诚对文学的要求就是要

1　王国维：《王国维论学集》（傅杰编校），第399页。

2　同上注。

3　［日］目加田诚：《王国维的〈红楼梦评论〉和〈人间词话〉》，载《目加田诚著作集第四卷·中国文学论考》，第59页。

4　同上，第59页。

抒发作者真实的情感，自然真诚地歌咏事物。他在《人间词话》中也读出了这样的信息。他说：

> 王国维认为诗人要有"忠实"之心，不能轻薄。有了忠实之心，即便使用艳语也不至轻薄。精神深入，用真实的语言作成真实的意境，这是《人间词话》的主旨。[1]

笔者认为，王国维所说的"轻视外物"与"重视外物"还是欲达成人与物的和谐统一之境。要"轻视外物"，是指文学作品一定是人的意志影响下的产物，境界要先"呈于吾心"[2]，其后才"见于外物"[3]。就像他在《清真先生遗事》中说："一切境界，无不为诗人设，世无诗人，即无此种境界"[4]，又如他在《屈子文学之精神》中所说："诗歌者，感情的产物也。"[5]凡此，都是强调诗人在心理层面，对客观外物的主观摄取，正所谓"诗人视一切外物，皆游戏之材料也"[6]。过于平板地描述客观外物原本的形态，体现不出作者内心的情感，令作者和读者之间产生不了深入的交流，引发不了读者阅读作品的兴趣，所以要"轻视外物"。要"重视外物"，就是审美者要将一切事物，包括自身都视为自然的一部分予以尊重，这样才能有汇通各种文化要素的视野，任由素材为我所用。没有离开外界外物的人的精神活动，文学就是作者的有感而发。自然外物的变化带来人在精神层面的感动，诗歌创作的发出者是人，人要顺应情感的自然之感，不做没有感动

---

1 ［日］目加田诚：《王国维的〈红楼梦评论〉和〈人间词话〉》，载《目加田诚著作集第四卷·中国文学论考》，第59页。

2 王国维：《王国维文集》，北京：线装书局，2009年版，第206页。

3 同上注。

4 同上注。

5 同上，第120页。

6 王国维：《王国维论学集》（傅杰编校），第414页。

的无病呻吟。

　　王国维的重视外物不同于古代的物感说。钟嵘曰："气之动物，物之感人"[1]，古代感物说认为，不论是四时的自然物候或客观景物，在作者眼中都可以成为歌咏的对象，人拥有丰富的精神和心理活动，自然会被外事外物所感动。古代的感物说是一种反映论，王国维的物我说则受到叔本华哲学的影响，是主观唯心的。《人间词话》曰："词人者，不失其赤子之心者也。"[2]佛雏曾对王国维的"赤子"说解释道："其直接渊源，则在叔本华所谓天才的'童心'（childlike character），他所取于'赤子'的，似是一个处于自由状态的'自我'。"[3]叔本华认为天才拥有儿童般的天真与单纯。儿童以天真之心自然待物，不假外求，所以能以纯主观而又自由的精神，进入到对客观事物的体察中去。从这个意义上说，王国维的轻视与重视外物，通于其"赤子"说，均强调审美者自身的真性情。《人间词话》曰："主观之诗人不必多阅世，阅世愈浅则性情愈真，李后主是也。"[4]意思是说诗人如果像儿童一样简单、纯粹，不受外部环境所制约，用内蕴自藏的天真之心体会周围的事物，就能创造出优美的抒情诗。纳兰容若也是这样的"主观性"诗人，王国维说他以"自然之眼观物，以自然之舌言情"[5]，是因为他"初入中原，未染汉人风气"[6]。王国维的"赤子"之心、自然的表达之说，均是强调作者在物我一如的境界下，真心体会物给予人的感动而将感兴自然抒发。我们看王国维在《人间词话》中，也正是出于对物我观下文学是人真实情感的表达这一认识，才对张厚言评价欧阳修的《蝶恋花》之说提出了批评。张厚言对诗人有"忠厚"之志的要求，认为词也有风雅之功，词人要以比

1　吕德申：《钟嵘〈诗品〉校释》，第1页。

2　王国维：《王国维论学集》（傅杰编校），第386页。

3　佛雏：《王国维诗学研究》，北京：北京大学出版社，1999年版，第303页。

4　同上，第303页。

5　王国维：《王国维论学集》（傅杰编校），第396页。

6　同上注。

兴微言大义。他在《词评》中评价欧阳修《蝶恋花》为寓意君臣政治之词。王国维说他"固哉"[1]"深文罗织"[2]，指出："飞卿《菩萨蛮》、永叔《蝶恋花》、子瞻《卜算子》，皆兴到之作，有何命意？"[3]文学是真实情感的自然抒发，张厚言评论词时强加比附，是不自然的，自然会遭到王国维的诟病。

　　总之，王国维在《人间词话》中的主旨是论心与物自然融合之境和文学创作的关系。不论作品是否描写真实之物或虚构的内容，只要情理自然，表现作者心与物交融之境下的真实情感，就是境界为上的文学。而这一点，正是目加田诚所欣赏的。目加田诚对《人间词话》具体内容的分析不多，没有大段的诗学阐释。相比近二十年人们对意境说在现代美学意义上的热情阐发，目加田诚写于 1937 年的文章显得朴素而简单。他没有将意境或境界上升至中国古代诗学的核心地位来看待，这也许是因为他作为一个文化他者缺乏建立民族代表性美学概念的积极性。但正如一些学者，如萧驰和罗钢先生指出的，对意境说是否为中国古代诗学的代表理念是值得商榷的[4]，目加田诚对境界或意境不予过多评论，表现了其治学审慎的一面。

1　王国维：《王国维论学集》（傅杰编校），第408页。

2　同上注。

3　同上，第408页。

4　如萧驰在《佛法与诗境》（北京：中华书局，2005年版，第286—289页）一书中的观点；罗钢在《意境说是德国美学的中国变体》［载《南京大学学报（哲学·人文科学·社会科学）》2011年第5期，第38—58页］一文中的观点。

结　语

　　目加田诚是近现代研究中国文学、文论的著名学者之一，是日本学士院会员、九州大学名誉教授、早稻田大学教授。他是首位对《文心雕龙》进行现代日语翻译的学者，对中国古代文论的研究，内容几乎涉及各个朝代。无论是《文心雕龙》《二十四诗品》《人间词话》等文论史中的经典著作，还是"神""气""风骨"等核心概念，都是他的研究重点。

　　但同时，目加田诚的学术成果价值，尚不为我国学界所重视。本书主要就目加田诚在中国古代文论方面的研究情况进行了论述，填补了学术界的这一空白。我想，通过对研究成果进行的再研究，也有助于我们对"中国古代文论"这一最终的研究对象，做出更深刻的理解。这对我们探究中国传统文学东行西渐的内在原因，特别是对日本古代文学的深刻影响、文学的本质，有着重要意义。对我们进一步构筑中国"日本学"，了解日本文学的全貌是有所裨益的。

　　本书具体就历史朝代划分，来梳理目加田诚的研究成果，可以从以下几个方面来审视。

　　第一，目加田诚对中国古代文学理论的理解，是建立在一定哲学美学思想基础之上的。他对中国文学的理解基于"气论"思想。他认为气是构成宇宙万物最小的单位，人禀气而生，文学反映人之气。因人的气有清浊之分，所以若想成就典雅高格之文，就必须育成作者的高雅之气。而作者超诣之气的获得，必须以物我一如之境为前提条件。他的这些理念，是在接纳中国传统气论思想的基础上，不断吸收中国古代文论的相关理论而来的。

第二，如果说气论是一种哲学观，那么"尚自然"的文学理念则是气论在文学领域中的具体表现。目加田诚接受了中国传统的气论思想，在人与自然的关系上便主张尊重自然，强调心与物的融合。在他看来，中国文学最讲人与自然的和谐相处，人在精神与天地自然而成的万化冥合之境，才能发现真正的美，创造出真正的文学。在人与自然的层面，中国古代的哲学思想对他的影响，远远大过西方近代主义的自然观。西方写实主义和自然主义文学试图站在公平客观的立场对对象进行详尽的描述。然而目加田诚却不喜用缜密的、机械化的方法来研究文学和进行文学创作。他希望在对事物事无巨细的描述之上，能有一个更高层次的境界，即物我一如之境，人在这个层面，能将精神深入到对事物本质的理解中去，从而创作出充满余情余韵的文学。目加田诚的学问以不晦涩艰辛、贯穿始终的真诚之心和情感的自然体现为特点，他崇尚文学的自然之美，但这种自然不是不加雕琢的原始状态，而是经过人们技巧训练的升华，情感真实流露的自然。他深谙古代中国的自然观，并将其纳入到了自身文学观的思想体系中来，他的很多研究结论，都是从"自然"的角度进行分析而得出的。

第三，目加田诚具体的文学理论研究观点。他认为"气"是构成万事万物最小的分子，"神"与"气"结合，就能创作出优秀的文艺作品。"风"是情趣和感染力，"骨"是对言辞和事义的要求。六朝文学中的自然观表现了人与自然的和谐，自然之心的表达要靠技巧的磨炼。目加田诚对刘勰、钟嵘、司空图等人的文学理论均给予了高度评价。他认为刘勰最看重文与自然之道的联系，是在自然的基础上对文学创作施以技巧的。钟嵘最反对在文学创作中强以用典，其自然观表现得也最为彻底。司空图的诗论以象征性的言说论述物我一如之境的达成，也是出于自然的。目加田诚还对当时不为学者重视，却最能体现唐代诗论独特特点的诗格有所研究。他认为诗格是诗的样式，格以不用典为最上，诗人个体的风格与时代风格相通；《吟窗杂录》是一部僧侣转录之作；"境"与"意"相关，王昌龄诗论的"三境"是"真"的审美境界，诗境的创造离不开作者自身的修炼。目加田诚对明代李贽的思想产生了强烈的共鸣。他认为李贽的思想具有反礼教反教条的鲜明特点，其"童心说"以人真诚不染的本初之心为贵。金圣叹的点评展示了其嬉笑怒骂的自由思想，获得了目加田诚的肯定。目加田诚还对李渔戏曲理论给予了很高的评价。他将日本江户戏作文学与李渔的戏曲进行比较，认为前者充满了非自然的、怪异的故事情节，在"情理自然"这一点上不能望李渔之项背。他认为王国维的《红楼梦》评论生硬地糅合西方理论和中国文学，是不自然的。而《人间词话》在运用西方美学思想阐释中国文学方面做得融会贯通，是中西学结合的一部成功之作。

另外，我想谈一谈自己在对目加田诚研究成果进行再研究时遇到的困惑。

学术史的研究很容易流于介绍，这是笔者在本书研究过程中遇到的最大一个难题。目加田诚的有些论点本身就具有一般化、平易化的倾向，比如他的李渔戏曲理论研究，有时笔者感到没有必要再对这些学界已经达成共识的观点进行深入的评述。这时就需要我们深掘其思想来源，同时对中日两国在同一问题上的讨论进行比照，在学术史的梳理分析方面有所突破。此外，在论述某些学术史时，我的手头缺乏相应的日文资料。日本学者对目加田诚在学术史上的地位予以了高度的评价，目加田诚在日本中国学史上的地位毋庸置疑。目加田诚同时代和前后时代的日本学者在问题点上的看法究竟如何，关系到我们对他结论的价值判断。然而许多日本方面的资料我却难以获得，虽然已经尽量通过各种渠道搜集资料，还是感到有所欠缺。期待这些不足之处，能够在日后的研究中得以改进和完善。

最后，我想从以下两方面谈谈今后希望开展的研究课题。

第一，本书重点论述了目加田诚在文论方面的研究，但其他领域的研究情况仍需进一步深入。比如目加田诚的《诗经》研究，他不仅做了大量的理论研究，还做了《诗经》现代日语翻译工作。日本的《诗经》译本，虽另有兴膳宏、户田浩晓译本，但目加田诚译本最广为流传，受大众欢迎程度也最高。今后，我们可以通过对比日本《诗经》的兴膳宏、户田浩晓译本，做比较文字学方面的研究，也可以就其中表现出来的美学价值倾向进行讨论。

第二，继续做目加田诚研究成果的翻译工作。目加田诚的研究成果绝大部分都不为我国学者知晓，他的著作集有八部之多，但译成汉语的文章却只有区区三篇。其众多研究成果尚待我们翻译和研究。

文章末尾，期待我之前写就的《目加田诚及其中国文学研究》一书，与这本《目加田诚的中国古代文论研究》，能对我国学术界的目加田诚研究起到抛砖引玉的作用，对此笔者将感到不胜荣幸和感激。

参考文献

日文：

（目加田诚的著作与文章）

［1］目加田诚.目加田诚著作集第一卷［M］.东京：龙溪书舍，1985.

［2］目加田诚.目加田诚著作集第二卷［M］.东京：龙溪书舍，1983.

［3］目加田诚.目加田诚著作集第三卷［M］.东京：龙溪书舍，1983.

［4］目加田诚.目加田诚著作集第四卷［M］.东京：龙溪书舍，1985.

［5］目加田诚.目加田诚著作集第五卷［M］.东京：龙溪书舍，1986.

［6］目加田诚.目加田诚著作集第六卷［M］.东京：龙溪书舍，1981.

［7］目加田诚.目加田诚著作集第七卷［M］.东京：龙溪书舍，1984.

［8］目加田诚.目加田诚著作集第八卷［M］.东京：龙溪书舍，1986.

［9］目加田诚.新译汉文大系19·唐诗选［M］.东京：明治书院，1964.

［10］目加田诚.杜甫［M］.东京：集英社，1965.

［11］目加田诚.洛神赋——中国文学论文与随笔［M］.东京：武藏野书院，1966.

［12］目加田诚.杜甫诗集［M］.东京：集英社，1966.

［13］目加田诚.文心雕龙［M］.东京：平凡社，1973.

［14］目加田诚.值此纪念论集刊行时［A］.中国文学论集目加田诚博士古稀纪念［C］，1974.1–6.

［15］目加田诚.世说新语［M］.东京：明治书院，1975–1978.

［16］目加田诚.中国今昔［M］.东京：二玄社，1976.

［17］目加田诚.歌之初——诗经［M］.东京：平凡社，1982.

［18］目加田诚.沧浪之诗——屈原［M］.东京：平凡社，1983.

［19］目加田诚.汉诗日历［M］.东京：时事通信社，1990.

［20］目加田诚.诗经·楚辞［M］.东京：平凡社，1994.

（其他著作与文章）

［1］高田真治.诗经（上）［M］.东京：集英社，1966.

［2］高田真治.诗经（下）［M］.东京：集英社，1968.

［3］一海知义，兴膳宏.世界古典文学全集25 陶渊明·文心雕龙［M］.东京：筑摩书房，1970.

［4］小尾郊一.中国文学的自然与自然观——以中世文学为中心［M］.东京：岩波书店，1972.

［5］小守郁子.文心雕龙中的"风骨"论［J］.名古屋大学文学部研究论集，1972（57）：5–24.

［6］星川清孝.风骨考［A］.宇野哲人先生白寿祝贺纪念东洋学论丛［C］.东京：东洋大学文学部，1974.1049–1068.

［7］户田浩晓.新释汉文大系文心雕龙（上）［M］.东京：明治书院，1974.

［8］户田浩晓.新释汉文大系文心雕龙（下）［M］.东京：明治书院，1978.

［9］林田慎之助.中国中世文学评论史［M］.东京：创文社，1979.

［10］岛村抱月.抱月全集第8卷［M］.东京：日本图书中心，1979.

［11］吉田诚夫，高野由纪夫，樱田芳树.中国文学研究文献要览1945–1977［Z］.东京：日外アソシエーツ（日外协会），1979.

［12］日外アソシエーツ（日外协会）编辑部.中国文学家专门事典

［Z］. 东京：纪伊国书店，1980.

　［13］吉田精一. 吉田精一著作集9·浪漫主义研究［M］. 东京：樱枫社，1980.

　［14］松浦友久. 才、学、识［A］. 目加田诚著作集第七卷·月报［C］. 东京：龙溪书舍，1981.5-6.

　［15］井上光贞，笠原一南，儿玉幸多. 详说日本史［M］. 东京：山川出版社，1982.

　［16］岸阳子. 王国维与田冈岭云——围绕《人间词话》［A］. 近代日本与中国日中关系史论集［C］. 东京：汲古书院，1983.87-126.

　［17］笹渊友一. 浪漫主义文学的诞生［M］. 东京：明治书院，1985.

　［18］植木久行. 学问与爱好［A］. 目加田诚著作集第四卷·月报［C］. 东京：龙溪书舍，1985.2-4.

　［19］大川忠三. 建安风骨考——关于建安文学论中的"风骨"概念［J］. 大东文化大学汉学会志，1985（24）：39-58.

　［20］松浦友久. 中国诗歌原论——结合比较诗学的主题［M］. 东京：大修馆书店，1986.

　［21］户田浩晓. 中国文学论考［M］. 东京：汲古书院，1987.

　［22］户田浩晓. 新译汉文大系65·文心雕龙（上·下）［M］. 东京：明治书院，1987.

　［23］伊藤虎丸，横山伊势雄. 中国文学论［M］. 东京：汲古书院，1987.

　［24］绵本诚. 关于"风骨"的一个研究——以刘勰的《文心雕龙》风骨篇为中心［J］. 国土馆短期大学纪要，2000（25）：33-55.

　［25］赤冢忠. 赤冢忠著作集第五卷·诗经研究［M］. 东京：研文社，2002.

　［26］斯波六郎. 对六朝文学的思索［M］. 东京：创文社，2004.

　［27］门协广文. 文心雕龙的研究［M］. 东京：创文社，2005.

（网络资源）

［1］京都大学人文科学研究所 . 东洋学文献类目 .http://www.ruimoku.zinbun.kyoto-u.ac.jp/ruimoku/.

［2］日本国立情报研究所 . 书目 .http://www.ci.nii.ac.jp/.

［3］日本国会国立图书馆 . 书目 .http://www.dl.ndl.go.jp/.

中文：

（专著、文集）

［1］罗根泽 . 中国文学批评史（一）、（二）、（三）［M］. 上海：古典文学出版社，1957.

［2］［日］青木正儿，王古鲁 . 中国近世戏曲史［M］. 北京：作家出版社，1958.

［3］刘永济 . 文心雕龙校释［M］. 上海：中华书局上海编辑所，1962.

［4］陈延杰 . 诗品注［M］. 北京：人民文学出版社，1963.

［5］（明）王龙溪 . 王龙溪先生全集［M］. 台北：华文书局股份有限公司，1970.

［6］（汉）王充 . 论衡［M］. 上海：上海人民出版社，1974.

［7］（南朝梁）刘勰，周振甫 . 文心雕龙注释［M］. 北京：人民文学出版社，1981.

［8］鲁迅 . 鲁迅全集第五卷［M］. 北京：人民文学出版社，1981.

［9］鲁迅 . 鲁迅全集第八卷［M］. 北京：人民文学出版社，1981.

［10］詹瑛 . 文心雕龙的风格学［M］. 北京：人民文学出版社，1982.

［11］王元化 . 日本研究《文心雕龙》论文集［C］. 济南：齐鲁书社，1983.

［12］［日］弘法大师，王利器 . 文镜秘府论校注［M］. 北京：中国社会科学出版社，1983.

［13］（清）王应奎，王彬，严英俊 . 柳南随笔续笔［M］. 北京：中华

书局，1983.

［14］俞平伯.俞平伯散文选集［M］.上海：上海文艺出版社，1983.

［15］李云逸.王昌龄诗注［M］.上海：上海古籍出版社，1984.

［16］［日］兴膳宏，彭恩华.《文心雕龙》论文集［C］.济南：齐鲁书社，1984.

［17］朱光潜.诗论［M］.北京：生活·读书·新知三联书店，1984.

［18］［美］雷·韦勒克，奥·沃伦，刘象愚.文学理论［M］.北京：生活·读书·新知三联书店，1984.

［19］（宋）王质：诗总闻第四册［M］.北京：中华书局，1985.

［20］王元化，王运熙.中华文史论丛［C］.上海：上海古籍出版社，1985.

［21］（魏）张揖，（隋）曹宪音.广雅［M］.北京：中华书局，1985.

［22］（宋）严羽.沧浪诗话［M］.北京：中华书局，1985.

［23］李壮鹰.诗式校注［M］.济南：齐鲁书社，1986.

［24］俞平伯.俞平伯论红楼梦［M］.上海：上海古籍出版社，1988.

［25］甫之，涂光社.《文心雕龙》研究论文选（下）1949–1982［C］.济南：齐鲁书社，1988.

［26］杜黎均.二十四诗品译注评析［M］.北京：北京出版社，1988.

［27］张岱年.中国古典哲学概念范畴要论［M］.北京：中国社会科学出版社，1989.

［28］黎运汉.汉语风格探索［M］.北京：商务印书馆，1990.

［29］［日］坪内逍遥，刘振瀛.小说神髓［M］.北京：人民文学出版社，1991.

［30］（清）李渔.李渔全集第三卷［M］.杭州：浙江古籍出版社，1991.

［31］（清）李渔.李渔全集第四卷［M］.杭州：浙江古籍出版社，1991.

［32］陈良运.中国诗学体系论［M］.北京：中国社会科学出版社，1992.

［33］牟世金.雕龙后集［M］.济南：山东大学出版社，1993.

［34］杨明照.文心雕龙学综览［M］.上海：上海书店出版社，1995.

［35］（宋）陈应行.吟窗杂录（上）［M］.北京：中华书局，1995.

［36］张伯伟.全唐五代诗格校考［M］.西安：陕西人民教育出版社，1996.

［37］詹锳.李白全集校注汇释集评［M］.天津：百花文艺出版社，1996.

［38］黄侃.文心雕龙札记［M］.上海：华东师范大学出版社，1996.

［39］王国维，傅杰.王国维论学集［C］.北京：中国社会科学出版社，1997.

［40］〔德〕黑格尔，朱光潜.美学（第一卷）［M］.北京：商务印书馆，1997.

［41］王国维.王国维文选［M］.上海：上海古籍出版社，1997.

［42］郁沅，张明高.魏晋南北朝文论选［M］.北京：人民文学出版社，1999.

［43］佛雏.王国维诗学研究［M］.北京：北京大学出版社，1999.

［44］鲁迅.魏晋风度及其他［M］.上海：上海古籍出版社，2000.

［45］吕德申.钟嵘《诗品》校释［M］.北京：北京大学出版社，2000.

［46］叶渭渠.日本文学史近古卷［M］.北京：经济日报出版社，2000.

［47］叶嘉莹.王国维及其文学批评［M］.石家庄：河北教育出版社，2000.

［48］（明）李贽.李贽文集第一卷［M］.北京：社会科学文献出版社，2000.

［49］（明）李贽 . 李贽文集第三卷［M］. 北京：社会科学文献出版社，2000.

［50］张少康，汪春泓，陈允峰，陶礼天 . 文心雕龙研究史［M］. 北京：北京大学出版社，2001.

［51］汪涌豪 . 风骨的意味［M］. 南昌：百花洲文艺出版社，2001.

［52］赵建新编 . 中国古代文论选［M］. 兰州：兰州大学出版社，2002.

［53］（汉）许慎，孟庆祥 . 淮南子译注上［M］. 哈尔滨：黑龙江人民出版社，2003.

［54］（宋）朱熹 . 朱子全书第 13 卷［M］. 上海：上海古籍出版社，2002.

［55］张伯伟 . 全唐五代诗格汇考［M］. 南京：江苏古籍出版社，2002.

［56］牟宗三 . 牟宗三先生全集第 23 册［M］. 台北：联合报系文化基金会，联经出版事业股份有限公司，2003.

［57］李庆 . 日本汉学史（第三部）［M］. 上海：上海外语教育出版社，2004.

［58］张哲俊 . 吉川幸次郎研究［M］. 北京：中华书局，2004.

［59］北京大学北京师范大学中文系，北京大学中文系文学史教研室 . 陶渊明资料汇编［M］. 北京：中华书局，2004.

［60］（清）孔尚任，徐振贵 . 孔尚任全集辑校注评［M］. 济南：齐鲁书社，2004.

［61］朱东润 . 中国文学批评史大纲［M］. 上海：世纪出版集团，上海古籍出版社，2005.

［62］萧驰 . 佛法与诗境［M］. 北京：中华书局，2005.

［63］郭彦全 . 全唐诗名句赏析［M］. 北京：中国计划出版社，2005.

［64］卢盛江 . 文镜秘府论汇校汇考［M］. 北京：中华书局，2006.

［65］（宋）张载，章锡琛．张载集［M］．北京：中华书局，2006．

［66］孙玉明．日本红学史稿［M］．北京：北京图书馆出版社，2006．

［67］［日］兴膳宏，戴燕：异域之眼［C］．上海：复旦大学出版社．2006．

［68］吴国钦．论中国戏曲及其他［M］．长沙：岳麓书社，2007．

［69］王元化．王元化集卷七［M］．武汉：湖北教育出版社，2007．

［70］（宋）朱熹，王华宝．诗集传［M］．南京：凤凰出版社，2007．

［71］黄霖，蒋凡．中国历代文论选·先秦至唐五代卷［M］．上海：上海教育出版社，2007．

［72］（南朝梁）刘勰，范文澜．文心雕龙注［M］．北京：人民文学出版社，2008．

［73］郭绍虞．中国文学批评史［M］．天津：百花文艺出版社，2008．

［74］严绍璗．日本中国学史稿［M］．北京：学苑出版社，2009．

［75］王晓平．日本诗经学史［M］．北京：学苑出版社，2009．

［76］陈来．有无之境：王阳明哲学的精神［M］．北京：生活·读书·新知三联书店，2009．

［77］（清）金圣叹．贯华堂第五才子书水浒传［M］．沈阳：万卷出版公司，2009．

［78］（清）金圣叹．贯华堂第六才子书西厢记［M］．沈阳：万卷出版公司，2009．

［79］王国维．王国维文集［M］．北京：线状书局，2009．

［80］鲁迅著，张秀枫．鲁迅杂文选集［M］．南昌：二十一世纪出版社，2010．

［81］证严上人．无量义经［M］．上海：复旦大学出版社，2011．

［82］（清）顾炎武，张京华．日知录校释（下）［M］．长沙：岳麓书社，2011．

（期刊、文集、报纸内文章）

［1］陆侃如.《文心雕龙》论"道"［J］.文史哲，1961（3）：58–62.

［2］子贤.关于《文心雕龙》的"道"的讨论来稿摘要·辩《文心雕龙》的"道"［J］.文史哲，1962（6）：65–66.

［3］谢祥皓.关于《文心雕龙》的"道"的讨论来稿摘要·正确评价刘勰的文学观和世界观［J］.文史哲，1962（6）：66–67.

［4］曹冷泉.略谈黄季刚先生的《文心雕龙札记》及风骨问题［N］.光明日报，1962-6-3.

［5］马宏山.《文心雕龙》之"道"辩——兼论刘勰的哲学思想［J］.哲学研究，1979（7）：74–80.

［6］陈耀南.原"原道"［J］.社会科学战线，1980（2）：273–275.

［7］袁行霈.论意境［J］.文学评论，1980（4）:134–142.

［8］张启成.《文心雕龙》中的道家思想［J］.贵州社会科学，1981（4）：88–91.

［9］［日］冈村繁.日本研究中国古代文论的概况［A］.日本研究《文心雕龙》论文集［C］.济南：齐鲁书社，1983.296–308.

［10］冯其庸.千古文章未尽才——为纪念曹雪芹逝世二百二十周年而作［J］.红楼梦学刊，1983（4）:9–47.

［11］钱仲联.境界说诠证［A］.姚柯夫.《人间词话》及评论汇编（王国维研究资料）［C］.北京：书目文献出版社，1983.119–123.

［12］［日］古川末喜.日本有关中国古代文论研究的文献目录（1945-1982）［A］.中国文艺思想史论丛第2辑［C］.北京：北京大学出版社，1985.389–438.

［13］［日］冈田武彦，钱明节.日本人与阳明学［J］.贵州文史丛刊，1988（1）：29–35.

［14］廖仲安，刘国盈.释"风骨"［A］.文心雕龙研究论文选下册［C］.济南：齐鲁书社，1988.600–617.

［15］张岱年.古代唯物主义的理论形态及其演变［J］.甘肃社会科学，1991（5）：1-6.

［16］郭晋稀.从《文心雕龙》的养气说探讨其论风格美的民族特点［A］.饶芃子.文心雕龙研究荟萃《文心雕龙》一九八八年国际研讨会论文集［C］.上海：上海书店，1992.84-97.

［17］陈尚君，汪涌豪.司空图《二十四诗品》辨伪［A］.唐代文学研究（第六辑）——中国唐代文学学会第七届年会暨唐代文学国际学术讨论会论文集［C］.桂林：广西师范大学出版社，1994.581-588.

［18］张运华.先秦气论的产生及发展［J］.唐都学刊，1995（3）：1-6.

［19］张伯伟.论《吟窗杂录》［J］.中国文化，1995（2）:165-174.

［20］张运华.先秦气论的产生及发展［J］.唐都学刊，1995（3）：1-6.

［21］马弦，马焯荣.李渔·莎士比亚比较·偶数思维与戏剧创作［J］.艺海，1995（2）：58-65.

［22］［日］代田智明.论竹内好——关于他的思想、方法、态度［J］.世界汉学，1998（1）:64-73.

［23］陈耀南.《文心》"风骨"群说辨疑［J］.求索，1998（3）：89-97.

［24］吴鸿春.雎鸠考辨［J］.学术月刊，1998（10）：79.

［25］童庆炳.《文心雕龙》"风清骨峻"说［J］.文艺研究，1999（6）：31-41.

［26］李庆本.《红楼梦评论》的现代学术范式——纪念王国维《红楼梦评论》发表一百周年［J］.中国文化研究，2004（2）：119-126.

［27］罗钢.眼睛的符号学取向——王国维"境界说"探源之一［J］.中国文化研究，2006（4）:63-82.

［28］蒋寅.原始与会通："意境"概念的古与今——简论王国维

对"意境"的曲解［J］.北京大学学报（哲学社会科学版），2007（3）：12-25.

［29］杨明照.从文心雕龙《原道》《序志》两篇看刘勰的思想［A］.段渝.杨明照论文心雕龙［C］.上海：上海科学技术文献出版社，2008.51-66.

［30］富华，李瑞明.王国维与中国现代文论创新国际学术研讨会综述［J］.文学评论，2009（2）：205-207.

［31］沈文凡，张德恒.王国维《人间词话》百年研究史综论［J］.中外文化与文论，2010（1）：129-160.

［32］罗钢.意境说是德国美学的中国变体［J］.南京大学学报（哲学·人文科学·社会科学），2011（5）：38-58.

［33］孟彤.近现代日本对《文心雕龙》的研究概况［J］.襄樊学院学报，2011（7）：67-71.

［34］李存山.气论对于中国哲学的重要意义［J］.中国哲学，2012（3）：38-48.